KB098087

고요는 어디 있나요

고요는 어디 있나요

하명희 소설집

북치는소년

내 생의 두 여인,
엄마와 딸에게

차례

나머지

화양의 달밤, 두 남자가 리어카를 사이에 두고 끌고 밀고 있었다. 리어카에는 쥐똥이 다 털린 나무가 누워 있었다. 가을을 넘긴 몸통이 겨울로 넘어가는 쥐똥나무의 나머지였다. 쥐똥나무의 나머지 위에는 박스가 있었고 그 위에 검은 개가 있었다. 리어카를 끄는 남자는 노인이고 뒤에서 미는 남자는 동네의 거지였다.

노인은 폐지를 줍다가 거지를 보았다. 거지는 상점에서 내놓은 도시락의 나머지를 먹고 있었다. 거지 옆에는 검은 개가 있었다. 거지는 얼어 있던 음식을 손으로 녹여 검은 개에게 내밀었다. 검은 개는 천천히 다가와 그의 손부터 핥았다. 검은 개가 음식을 다 먹을 때까지 가만 앉아 있던 거지는 깔고 있던 박스를 노인의 리어카에 얹었다. 노인은 눈인사를 건넸다. 검은 개가 거지가 올려놓은 박스에 올라타자 거지는 그 뒤를 따랐다. 거지는 노인보다 열 살은 어린 것 같아 보였지만 또 어떻게 보면 열 살은 더 산 것 같아 보이기도 했다. 거지의 나이를 맞출 수가 없어 노인은 말을 놓기가 쉽지 않았다.

노인은 등이 굽어 있었다. 리어카를 끌 때는 굽은 등이 보이지 않았지만 리어카를 세우고 잠깐씩 멈출 때면 등 위에 보이지 않는 짐을 얹은 낙타 같았다. 굽은 등은 리어카 손잡이와 한 쌍으로 어울렸다. 거지는 리어카를 밀다가 손을 떼고는 옷 속에 손을 넣었다. 그러다 뭔가를 만지작거리며 확인하고는 리어카를 다시 밀었다.

리어카는 몇 시간째 화양의 곳곳을 돌고 있었다. 옷가게를 지나고 구둣가게를 지나고 김밥가게를 지나고 세탁소를 지났다. 음식점이 늘어선 거리를 돌다가 골목으로 들어갔다 나왔다. 또 다른 골목에서 붉은 벽돌을 지나고 녹색 대문을 지나고 흰 벽을 지났다. 둘은 말없이 리어카를 밀고 끌었다. 리어카는 전봇대를 지나고 쓰레기 더미를 지나 골목을 계속 돌고 있었다.

거지는 리어카를 따라가고 노인은 리어카를 끌고 있었지만, 정작 리어카의 주인은 늙고 검은 개였다. 리어카의 흔들리는 리듬에 맞춰 졸고 있던 개가 벌떡 일어나 컹컹 짖었다. 사람도 없고 소리도 없는 골목에서 컹컹 짖으며 리어카를 세웠다. 불 켜진 화양공원 앞이었다. 노인은 리어카를 멈추었다. 거지도 멈추었다. 개는 리어카에서 뛰어내려 화양공원 안으로 들어갔다. 노인이 개의 뒤를 따라갔다. 리어카가 움직였다. 쥐똥나무였던 쥐똥나무의 나머지가 흔들렸다. 거지는 주머니에 손을 넣고 뒤를 따르고 있었다.

"여기가 좋은가 보군."

노인이 말했다.

"개의 집이거든. 개도 집을 알아보니까."

거지가 대답했다.

"넓고 환하군."

화양공원은 집들로 둘러싸여 있었다. 달빛이 가득 찬 항아리 속 같았다.

"달빛의 놀이터지."

놀이터 한쪽에는 어린애들이 타고 노는 코끼리와 돼지, 토끼 모양의 스프링 목마가 있었다. 노인이 돼지 위에 앉으며 말했다.

"저걸 세울 수 있을까?"

거지가 리어카에서 쥐똥나무였던 쥐똥나무의 나머지를 끌어 내렸다.

"여기가 좋겠소."

달빛이 아무도 밟지 않아 그대로 얼어붙은 하얀 눈을 노랗게 물들이고 있었다. 노인은 돼지 등에서 내려와 리어카에 있던 삽을 꺼내 언 땅을 두드렸다. 거지는 좀 전에 그랬듯 언 땅에 두 손을 올렸다.

"내 힘으론 부족한걸."

땅땅, 언 땅을 두드리는 삽질 소리가 공원에 울렸다. 거지가 노인의 삽을 건네받았다. 노인은 뒤로 물러났다.

"뿌리도 잘린 저런 걸 세워서 뭐 하려고 가져왔을까."

노인이 한숨을 내쉬며 혼잣말을 뱉었다.

"누운 나무는 할 게 없지. 서 있으면 새들이라도 놀겠지만."

거지는 모처럼 생긴 일에 흥이 나는지 노인의 한숨에 대꾸하며 삽질을 하고 있었다. 노인은 다시 돼지 위에 앉아 굽은 등을 앞뒤로 흔들며 혼잣말을 풀어놓았다.

"한겨울에 남들이 먹다 남은 음식을 먹는 당신이나 누운 나무를 세우겠다고 여기까지 가져온 나나 웃기는 신셀세."

땅을 파다 말고 거지가 주머니에서 무언가를 만지작거렸다. 거지는 돼지 앞으로 와서 검은 개를 쳐다보고는 불쑥 손을 내밀었다. 노인이 손을 뻗었다.

"우리 돌, 돌에게 주시오."

노인은 눈만 껌뻑이며 손바닥을 쳐다보았다. 손바닥 위에 만 원짜리 지폐가 놓여 있었다.

"돌이라니, 저 개 말이요?"

거지는 고개를 끄덕였다.

"올겨울을 못 넘길 것 같아. 당신이라면 저 개를 묻어줄 것 같아서 주는 거요."

노인은 손바닥에 얹힌 만 원을 보며 한숨을 내뱉었다.

"칠십 평생 살다 보니 거지한테 돈을 다 받는군. 내 신세가 더 처량하네."

"돌은 특별해."

제자리로 돌아가 삽을 들고 좀 전과 같이 땅을 파면서 거지가 말했다.

"거기서 내 말이 들리나?"

거지는 삽을 언 땅에 꽂고 귀를 만지작거렸다. 귓속에서 무언가 끌려나왔다. 거지는 노인의 귀에 그것을 꽂았다.

"당신도 잘 들리게 될 거야."

노인은 귀를 만지작거렸다.

"보청기가 이상한 게 다 있네. 다른 소리가 들려."

노인은 자꾸만 귀를 만지작거렸다.

"집으로 가던 길이었소. 12층에서 떨어진 뭔가를 맞고 쓰러졌거든. 내 옆에는 이게 있었어. 정신을 차리고 보니 갑자기 집이 사라져버렸어. 어디가 내 집인지 알 수가 없더군. 10년 동안 떠돌았어. 집을 찾을 수가 없었지. 돌이 내내 같이 있었어."

노인의 귓가를 간지럽히는 소리는 분명 거지의 목소리였다. 하지만 거지는 언 땅에 삽을 꽂으며 낑낑거리고 있을 뿐 말이 없었다.

"방금 당신이 말했소? 당신이 말한 거요?"

노인이 물었다. 거지는 노인의 목소리가 들리지 않는지 계속해서 땅을 파고 있었다.

"뭐라고 하는데, 집으로 가던 길에 뭔가를 맞고 쓰러졌다고, 어디가 집인지 찾을 수 없었다고, 그래서 10년 동안 떠돌고 있다고, 그동안 저 개가 당신과 함께했단 말이지? 자꾸 무슨 소리가 들려."

노인은 귓바퀴를 만지작거리며 그 소리가 어디서 나오는 것인지 몰라 갸웃거렸다. 거지는 언 땅에 쥐똥나무였던 쥐똥나무의 나머지를 꽂았다. 그걸 세우고 팔 때보다 더 두툼해진 흙더미를 손으로 끌어모았다. 얼음과 눈이 섞인 흙이 별처럼 반짝였다.

"잠깐, 잠깐만."

노인은 품속에서 무언가를 꺼냈다.

"이걸 거기 묻어줘요. 우리 아들이 여기 있소."

가로등처럼 유리병 속으로 달빛이 통째로 들어가 환해졌다. 거지는 유리병을 받았다. 노인의 체온이 묻어 있었다.

"아직 따뜻하군. 이 나무도 돌처럼 특별한 나무가 되었어."

거지는 나무를 세우려고 판 구덩이에 유리병을 넣고 그 위에 흙을 덮었다. 덮인 흙 위로도 달빛이 떨어졌다. 노인은 굽은 등을 숙여 흙을 한 줌 쥐었다.

"이놈도 지 몸이 집이 되었지. 흙으로 가야 하는데, 아직도 유리병을 벗어나지 못하고 있으니 불쌍한 놈이라고."

"뿌리면 어때요?"

노인은 고개를 저었다.

"아직은 뿌릴 수가 없지."

노인은 쥐고 있던 흙을 유리병 위에 뿌렸다. 한 줌, 또 한 줌, 유리병이 보이지 않을 때까지 노인이 쥔 흙은 눈처럼 녹아서 떨어지고 있었다. 거지는 그 옆에 쥐똥나무를 세우고 흙을 꾹꾹 밟았다.

"십자가로군."

노인의 귓속으로 이런 소리가 들렸다. 노인은 거지를 바라보았다. 거지는 아무 말도 없이 세운 나무 주위를 돌며 흙 속에 달빛을 꾹꾹 박아 넣고 있었다. 주파수가 맞지 않는 라디오에서 흘러나오는 방송처럼 거지의 목소리가 들렸다. 노인은 여전히 고개를 갸웃거렸다.

"이상하군. 십자가라고 했는데, 이게 뭐지?"

거지는 돌을 불렀다.

"돌, 돌, 이리 와."

낮은 관목 사이에서 거친 숨을 몰아쉬며 드러누워 있던 돌이 거지의 부름에 천천히 걸어왔다.

"여기, 여기다 둘 거다. 돌, 그때 떨어졌던 별. 아니 달."

거지는 화양을 도는 동안 계속 품속에서 만지작거리던 그것, 10년 동안 만지작거려 반질해진 그것을 꺼냈다. 그리고 그것을 쥐똥나무의 나머지가 서 있는 흙더미 위에 올렸다.

"그게 뭐요?"

노인이 물었다.

"증거지. 별, 달일지도 모르고. 아니, 돌이지."

거지의 입은 움직이지 않았지만 노인의 귓속으로 거지의 대답이 들렸다. 노인은 또 갸웃 고개를 저었다.

"별이라고 했소?"

거지는 대답이 없었다.

"달이라고 한 것도 같고."

돌이 거지의 발밑에서 꼬리를 흔들고 있었다.

"아무튼 고맙소. 쥐똥나무가 다시 일어섰어."

노인은 흙더미에 얹힌 별이라고 했다가 달이라고 했던 것을 보며 말했다.

"돌이었군."

자신의 품에서 살아 있던 아들처럼 거지의 품에서 나온 그것도 별이거나 달이라고 해도 하나 이상하지 않은 밤이었다.

"이제 이곳은 쥐똥나무의 집이야."

노인의 귓속으로 거지의 목소리가 들렸다.

"가, 돌, 이제 가라."

노인은 움직이는 검은 돌을 보고 또 쥐똥나무의 돌을 보았다. 거지의 돌은 검은 개처럼 특별해 보였다. 거지는 할 일을 마쳤다는 듯 뒤도 돌아보지 않고 왔던 길로 돌아갔다. 돌이 낑낑거리며 제자리를 돌았다. 화양공원에는 예전에는 없던 쥐똥나무와 거지의 돌이 달빛을 받아 환했다. 노인은 리어카에 들어가 옆으로 누웠다. 기역자로 누운 노인의 품으로 달덩어리 같은 개가 들어와 누웠다. 둘은 추웠다. 추워서 눈을 감싼 달빛처럼 서로를 덮고 잠이 들었다.

나는 지금,
여기에 있습니다

국수집 문을 닫고 가게에 딸린 방에 누웠어요. 마른 밀가루 냄새가 나요. 엄마는 밀가루에 소금을 붓고 마지막에 설탕을 넣었어요. 그다음 물을 넣고 치대죠. 그러면 뭔지 모르는 여럿의 냄새가 났어요. 엄마는 그게 국수라고 했어요. 국수는 짠맛도 나고 단맛도 나고, 바다의 맛도 나고, 육지의 맛도 난다고. 사람들은 국수집에 들어오면 새벽부터 끓인 멸치육수 냄새가 난다고 하는데, 내게는 그것이 모든 게 섞인 찌물쿤한 냄새였어요. 내 손의 냄새를 맡아 봐요. 언니는 손에서 고향 냄새가 난다고 했었지요. 제주의 바람 냄새, 바다 냄새, 물질하고 온 엄마의 냄새. 그런 것들이 갯것을 뜯으며 언니의 손금에 틈을 만들었다고요. 언니가 '고향'이라고 말할 때, 나는 가져 본 적 없는 그 단어를 아무렇지도 않게 발음하는 언니한테 갑자기 화가 났어요.

언니는 모든 것들을 고향에 빗대어 말하곤 했어요. 마르고 건조한 바람이 불면 산을 타고 흘러 내려오는 산내라고 했고, 축축하고 습습한 날이 계속되면 바닷바람이 왔다고 했어요. 언니에게는 바람의 두 방향이 몸에 새겨진 척도가 된 것 같았지요. 그러면서 바람과 대결을 한 이야길 해주었어요. 억울할 때 운동장을 돌며 소리를 지르면 어떻게 되는 줄 아니? 언니가 물었죠. 답답한 게 풀린다고 할 줄 알았는데, 언니는 "내 소리를 바람이 먹어"라고 했지요. 바람에게 이기려고 더 크게 소리를 지르다 보면 오기가 생기고 억울함이 빠져나간다고도 했어요. 힘들 때는 아무 학교의 운동장에 들어가 크게 소리를 질러 보라고 했었지요. 그건 오기를 불러내 말리는 방법이었는데, 나는 아직도 그걸 꺼내지 못했어요. 대신 이렇게 창고 방에서 사지를 뻗고 냄새를 맡아요.

언니, 나는 지금 밀가루가 쌓인 방에 있어요. 가게에 딸린 이 방 밖에는 테이블이 여덟 개, 의자가 서른두 개, 아니 서른세 개가 되었네요. 밀가루를 치대는 큰 도마가 하나, 새벽에 멸치육수를 끓일 들통이 있는 주방이 있고, 여기서 매일 국수를 삶던 엄마는 얼마 전 요양병원으로 갔어요. 엄마를 요양병원으로 보내고 나는 이곳으로 왔어요. 흘러왔다고 해야겠어요. 하루가 닫히고 이상한 하루들이 열리는 경계들이 있잖아요. 그런 것들이 넘쳐서 내가 이곳으로 흘러들어 온 거지요. 언니가 말한 산바람처럼요. 떠나고 싶었는데, 아니 도망하고 싶었는데 그러질 못했어요. 발목이 잡힌 거지요. 떠나도 돌아올 자리가 사라지는 거였으니까요.

이곳엔 내 물건이 하나도 없어요. 그래서 얼마 전에 작은 의자를 하나 주워왔어요. 그 위에 뭘 놓을까 하다가 화분을 놓았어요. 채소가게에서 준 블루베리 화분이었지요. 블루베리는 더운 곳에서 자라니까 괜찮을 줄 알았는데 여름 내내 꽃만 달더니 계절이 바뀌면서 넘어졌어요. 가만히 있다가 한순간에 팍 넘어져 버리더군요. 새벽부터 끓여대는 멸치육수의 열기 때문이었을까요. 엄마는 알고 있었나 봐요. 한 번도 가게에 화분을 들여놓은 적이 없거든요. 다음에 가져다놓은 게 뭔지 아세요?

타자기요. 91년에 내가 쓰던 마라톤 세벌식 타자기를 가져다 놓았어요. 그러니까 이 편지는 그 타자기로부터 시작된 거예요. 엄마가 이곳에 있었다면 나는 지금쯤 제주도 종달리 작은 어촌에서 카페 겸 서점의 문을 닫고 이 타자기로 편지를 쓰고 있었을 거예요. 제일 처음 엄마에게 편지를 쓰려고 했어요.

엄마, 나는 지금 엄마가 끓이던 멸치육수 냄새가 사방에서 불어대는 제주에 있어요.

편지는 이렇게 시작할 수도 있었을 거예요. 이제 이런 편지는 쓸 수 없겠지요. 시간은 계획이나 의지와는 무관하게 흐르곤 해요. 어디든 발목이 잡히고 다른 시간이 시작된다는 걸 엄마는 이곳에서 뇌졸중으로 쓰러지며 또 한 번 내게 일러주었지요. 그런데요, 이 타자기가 어떤 일을 벌였는지 아세요? 오늘 일을 끝내고 창고 방에 누워 언니가 떠오른 이유는 이 타자기 때문일지도 몰라요. 글자가 되지 못한 글자가 나를 붙잡고 이곳에 언니가 말한 고향의 바다를 펼쳐놓았거든요.

점심시간이 지나 건물 주인할아버지가 어제 온 분과는 다른 할머니 손을 잡고 들어오셨어요. 같이 온 할머니는 동네에서 폐지를 줍는 할머니였어요. 매일 들르는 단골이지만 나는 이 할아버지가 얄미워요. 국수 한 그릇 사주면서 뭔가 굉장한 것을 한 것처럼 자기 자랑을 늘어놓거든요. 전쟁통에 혼자 살아남아 사우디로 돈 벌러 갔다가 아내가 목돈을 가지고 도망치는 바람에 혼자서 자식들을 키우며 안 해본 것이 없다는 이야기는 다 외울 정도예요. 그러면서 할머니를 앞에 두고 여자는 믿을 수 없다는 걸 강조하죠. 일부러 할머니한테 먼저 물었어요.

"할머니, 뭐 드시겠어요?"

할아버지는 할머니의 대답은 무시하고 주문했어요.

"칼국수 두 개 가져와."

할머니는 먹을 걸 고르듯 메뉴판을 보고 있었어요. 얼른 저희 집은 잔치국수도 맛있어요, 라고 말했죠. 할머니는 그걸로 달라는 듯 고개를 끄덕였어요. 할아버지가 버럭 화를 내며 식탁에 돈을 올려놓았죠.

"내가 사준다는데 뭐 하러 싼 거 먹어? 칼국수로 줘."

그래봤자 칼국수는 잔치국수보다 오백 원 더 비싼 건데, 지난번에 같이 온 다른 분한테도 똑같이 티를 내더라고요. 나는 할머니에게 한 번 더 물었어요.

"할머니, 뭐로 드시고 싶으세요?"

할머니는 가격표를 보고는 할아버지가 식탁에 올려놓은 지폐를 내 쪽으로 밀었어요. 그러더니 손바닥을 내밀더군요. 무슨 말인가 싶어 멈칫 하다가 앞치마에서 오백 원을 꺼내 할머니 손바닥에 올렸어요. 그때 할머니가 오백 원을 주머니에 넣으며 짓던 표정엔 묘한 활기가 느껴졌어요. 할머니는 할아버지를 보며 이렇게 말했지요.

"칼국수 먹은 거로 할게요."

할아버지는 미간을 찌푸렸지요. 그러곤 국수나 빨리 달라고 소리를 지르더군요. 바람에게 이기려고 바람을 뚫고 소리를 지르는 방법이 떠올랐어요. 동네를 돌며 리어카 가득 폐지를 주울 때마다 백 원, 이백 원 계산하던 방법이 할아버지의 살아온 방식을 이기는 순간 같았지요. 채소가게에 칼국수를 배달하고 돌아오니 두 분은 벌써 자리를 비우셨더군요. 할아버지는 오늘도 할머니를 꼬시는 데 실패한 것 같아요.

저녁 장사를 끝내고 앞치마를 벗어 탁탁 털다가 뭔가를 봤어요. 똑같은 것들 속에 다른 것이 몰래 끼어든 것을 발견하는 순간이 그럴까요. 주워온 의자 위에 놓인 타자기가 조금 이상했어요. 똑같았는데 이상한 거예요. 앞치마를 손에 들고 의자 앞으로 걸어갔지요. 타자기에는 처음에 꽂아놓은 대로 종이가 말려 있었어요. 그런데 며칠 동안 똑같은 모양으로 그 자리에 있던 그 모양이 뭔가 달랐어요.

타자기에는 낯선 문자가 찍혀 있었답니다. 그 전에는 없던 글자요. 누구나 하고 싶은 대로 글자를 찍으라고 가져다놓기는 했지만, 그날이 오늘이 될 줄은 아무도 알 수 없었던 거죠. 종이를 뽑아 거기에 찍힌 걸 봤어요. 그때 내 표정을 보여줄 수 있다면 얼마나 좋을까요. 나는 종이 한 면에 찍힌 글자를 들고 흔들었어요.

"이것 좀 봐. 할머니가 내 첫 손님이 되었어."

하루 종일 밀가루를 치댄 호 아저씨가 손을 털며 내 쪽으로 걸어왔어요. 나는 종이를 내밀었지요. 엄마의 자리를 채우고 있다고 생각했는데, 그래서 당분간이라고만 생각했는데, 타자기에 찍힌 글자는 처음으로 내 자리를 알려주고 있었어요.

500 ㅇ ㅜ ㄴ ㄱ ㅗ ㅁ ㅏ ㅅ . ㅅ

가게 안의 모든 것이 잠깐 멈추었어요. 호 아저씨는 글자를 뚫어지게 쳐다보다 나와 같은 순간 펑 하고 웃음을 터뜨렸어요. 아저씨가 처음 한국에 와서 쓰던 글자랑 똑같다고 했어요. 무슨 말인지는 모르지만요. 그래서 더 웃음이 나온다고요. 엄마는 이 시장통에서 20년 넘게 국수를 삶았거든요. 그동안 얼마나 많은 사람들을 만났을까요. 고작 오백 원으로 저는 처음 보는 사람에게 고맙다는 글자를 받았네요.

계획대로라면 나는 제주도 종달리 바다가 내려다보이는 언덕에 앉아 있었을 텐데요. 바닷바람을 맞으며 내가 받고 싶었던 답장을 읽고 있었을지도 모르지요. 나는 잘 지낸다고, 너도 잘 지내냐고 허공에 대고 말했을까요. 해 지는 시간이 지나 이곳에 오르면 바닷바람이 산을 재우는 것 같다고 했을까요. 언니가 말한 것처럼 제주 어디에서나 보이는 한라산이 옷을 벗고 있다고 했을지도 모르겠어요. 그 시간을, 내가 가 보지 못한 그 시간을 떠올리며 나는 지금, 여기에 있습니다. 언니가 말한 '고향'이라는 단어가 내 손 틈에도 스며든 걸까요. 할머니가 쓴, 호 아저씨가 배운 첫 글자들처럼 말이 되지 못한 어린, 어리고 어린 글자에서 자꾸 웃음이 흘러나와요. 어쩌면 할머니는 언니가 처음 내게 보냈던 이모티콘처럼 이렇게 말하고 싶었던 건 아닐까요.

^.^

손을 흔들다

그 집에서는 초인종 소리가 일정하게 계속 울렸다. 그 소리는 비행기를 향해 깜빡이는 높은 건물의 빨간 불빛 같았는데, 그 집 앞을 지나는 사람들은 누르는 사람도 없는데 들리는 초인종 소리에 어리둥절하다가 현판을 보고 그 이유를 알아채고는 했다.

현판에는 '시각장애인의 집'이라는 글자가 새겨져 있었다. 창을 열어놓으면 초롱, 초롱 소리가 분침처럼 일정하게 울렸다. 초인종 소리는 길안내를 하는 사람처럼 집이 있는 위치를 알려주고 있었다. 현판 옆에는 긴 의자가 있었다. 벤치라고 하기에는 멋이 없는, 예배당에서 가져다놓은 고동색 등받이 의자였다. 그 의자에 화분이 세 개 놓여 있었고, 화분과 화분 사이에 하얀 지팡이를 든 사람들이 앉아 쉬었다 가곤 했다. 사람들이 없을 때는 고양이들이 그 자리를 차지했다.

햇볕이 그 의자 위로 떨어지며 고양이를 덮는 다섯 시가 조금 지나면 그 집에서 한 소녀가 튀어나왔다. 열 살쯤 되어 보이는 단발머리였다. 소녀가 그 의자에 앉을 때는 고양이들이 덮고 있던 햇볕이 소녀를 향해서도 기울었다. 소녀도 고양이도 옆에 누가 있든 신경 쓰지 않았다. 고양이와 소녀는 의자에 떨어지는 햇볕을 차지하기 위해 그 시간 그 의자에 앉은 것처럼 보였다. 그러다 소녀는 "초롱" 하며 초인종 소리를 따라 했다. 소녀가 부르는 초롱의 음색은 높은 파솔이었다. 신기한 것은 어디에 숨어 있었는지 모를 삼색의 고양이가 그 소리에 의자로 뛰어 올라온다는 점이었다. 그러면 먼저 있던 고양이들이 슬그머니 자리를 피했다.

"초롱이 왔구나."

소녀는 삼색 고양이가 온 것을 어떻게 알았는지 엑스자로 멘 가방에서 물통과 컵을 꺼냈다. 그러곤 컵 끝에 걸친 엄지손가락에 물이 닿을 때까지 붓고 화분 옆자리에 놓았다. 삼색 고양이는 소녀를 한 번 쳐다보고는 가만히 있었다.

"깨끗한 물이야."

소녀가 흰색 지팡이로 바닥을 톡톡 치며 말했다. 고양이는 컵에 입을 대고 발을 담갔다가 얼굴을 문질렀다. 소녀는 지팡이를 접어 왼쪽에 놓으며 남은 물을 화분에 조금씩 나누어 부었다. 그럴 때면 나는 자리에서 일어나 창가에 두 손을 포개고 몸을 밖으로 내밀게 되었다. 내가 매번 반복되던 그 풍경을 잊지 못하는 이유는 다음에 있었다. 소녀는 화분에 물을 주고 남은 것을 제 입으로 가져갔다. 그러면 초롱이라고 불린 고양이는 소녀의 무릎에 한 발을 올리고 얼굴을 문지르거나 햇살이 묻은 털을 슬쩍 비비는 거였다. 소녀는 고양이를 쓰다듬거나 만지지 않고 입술을 활짝 열어 하아 하고 웃었다. 그것은 고양이의 영혼이 소녀의 얼굴을 통해 되살아난 모습이었다. 그 순간에는 삼색 고양이도 소녀를 따라 하아 하고 웃었다.

얼마 후 나는 계약된 일을 그만두게 되었다. 일을 그만두면서 가장 아쉬웠던 것도 이제 소녀와 삼색 고양이가 만나는 모습을 볼 수 없다는 점이었다. 적당하게 떨어져 앉아 자신의 가장 깨끗한 것을 주고 나머지를 먹던 소녀와 털에 묻은 온기를 비비던 고양이가 있는 풍경. 하아 하고 장난을 치던 소녀의 표정과 소녀를 따라 하던 고양이의 웃음이 주변으로 번지던 저녁. 어쩌면 잠깐씩 찾아오는 저녁의 평온은 이런 장난스런 고요로부터 풀려나오는 건 아닐까. 세상 구석구석에서 자기의 가장 좋은 것을 주고받는 그 잠깐이 모여 저녁의 고요를 만드는 것은 아닐까. 누군가 고요가 어디 있느냐고 묻는다면 나는 이들의 만남을 얘기해줘야겠다고 생각했다.

하지만 늘 그렇듯 내게 고였던 고요는 아주 잠깐 스치고 지난 시간일 뿐, 나는 이 길을 다시 지나기 전까지 그것을 잊고 지냈다. 바로 지금에서야 그 고요가 떠올랐으니 말이다. 나는 요일을 잘못 알고 약속이 어그러져 우연히 그 앞을 지나는 중이었다. 건물에서는 여전히 초인종 소리가 깜빡였고, 창으로 보았던 그때의 풍경처럼 고동색 의자가 있었으며, 한쪽 끝에 한 소녀가 앉아 있었다. 열 살은 훌쩍 넘어 꽤 언니 같은 표정을 한 소녀가 그 아이라는 것을 한눈에 알아봤다. 미안한 말이지만 동상 같기도 했다. 이전에 내가 본 것은 짧은 시간 동상에서 빠져나와 고양이에게 물을 주고 사라지는 동화로 느껴질 정도였다. 햇볕도 그 시간 그 소녀를 데우고 있었다. 그 의자에 있던 화분들이 그때 있었던 화분인지는 모르겠지만 무언가 빠진 것만은 분명했다. 소녀의 표정은 어딘지 모르게 어두워 보였고 손목에는 시계가 있었다. 소녀는 누군가를 기다리듯 자꾸 손목을 들어 시계를 보고 있었다. 초롱, 건물이 딸꾹질을 했다. 나는 삼색 고양이가 그랬던 것처럼 화분 하나를 사이에 두고 소녀 옆에 앉았다.

"지금 몇 시니?"

소녀는 손목시계를 보고는 주저 없이 "다섯 시 십 분이요"라고 했다. 나는 핸드폰의 시계를 확인했다. 다섯 시 이십 분이었다.

"누구 기다리니?"

소녀가 내 쪽을 쳐다보았지만 정작 하얀 눈자위의 시선을 피한 것은 나였다. 소녀는 다시 정면을 바라보았다.

"어떻게 아셨어요?"

"자꾸 시계를 보길래."

소녀는 허공에 대고 대답하듯 물었고 나는 소녀의 옆모습을 보고 있었다.

"기다리기는 하는데요, 그게 뭔지는 모르겠어요."

소녀는 한 손으로 시계를 만지작거렸다.

"모르겠다고? 기다린다면서?"

"뭐 다 알아야만 하나요? 아줌만 고도도 몰라요?"

내가 슬쩍 웃음 지은 것을 소녀는 보지 못했을 것이다. 고도라니. 우연히 다시 찾아온 곳에서 만난 소녀의 입에서 고도가 나오다니. 나는 소녀가 말을 끊고 일어설까 봐 일부러 질문을 던졌다.

"고도를 아니?"

내 질문에 기분이 나쁜지 소녀는 대답하지 않았다.

"오래 기다렸어?"

"안 올 건가 봐요. 지금쯤 와야 하는데. 원래는 늘 저보다 먼저 와 있었거든요. 초롱, 하고 부르면 나타나야 하는데 초롱이 대신 아줌마가 왔네요."

"……여기서 계속 기다렸구나."

소녀가 마치 나를 기다려준 것처럼 이상한 안도감이 들었다.

"어, 어떻게 아셨어요? 목사님이 알려줬거든요. 어느 날 설교에서 고도를 기다리듯이 예수님의 부활을 기다리자고 그러셨어요."

"어떻게 헤어졌는데?"

"그걸 어떻게 알아요?"

"기다리고 있다고 했잖아."

"기다리긴 하지만 헤어진 적은 없는데……."

"헤어진 적도 없는데 기다린다고?"

내가 계속 묻자 소녀는 대답하기 귀찮은지 내게 질문을 던졌다.

"아줌마는 몇 살이에요?"

"그건 왜 묻니?"

소녀는 바쁜 척하며 시계를 보았다.

"아줌마도 대답하기 싫은 게 있잖아요."

소녀는 갑자기 자기 손목을 내밀었다.

"이 시계 봐줄래요? 지금은 몇 시예요?"

나는 창가에 두 팔을 올리고 얼굴을 빼고 소녀를 바라보던 때처럼 소녀 쪽으로 몸을 밀었다.

"다섯 시 삼십이 분이구나."

"시계를 차도 시간을 맞힐 수가 없어요. 오늘도 안 오려나 봐요."

소녀는 왼쪽에 접어둔 하얀 지팡이를 우산처럼 폈다.

"내일도 올 거니?"

일어서는 소녀를 붙잡기 위해 급하게 물었다.

"그럼요. 아줌마도 내일 오실 건가요?"

뒤돌아선 소녀의 하얀 눈빛이 햇볕을 받아 반짝였다.

"오늘이 목요일인 줄 알았는데 수요일이더라고. 내일 다시 이쪽에 와야 하거든."

"나는 매일 오는데……."

"내일도 시계를 봐줄 수는 있지."

소녀의 콧등과 입술이 삐죽였다.

"아줌마는 내가 외로워 보이나요?"

소녀는 내 대답 따위는 중요하지 않다는 듯 지팡이로 앞을 더듬으며 내리막길을 내려갔다. 소녀와 좀 더 이야기를 나누고 싶었지만 어쩔 수 없었다. 혼자 의자에 앉아 있다가 한때 내가 일했던 창 쪽을 쳐다보았다. 초인종 소리는 그때와 똑같이 일정하게 울리는데도 아무도 고개를 내밀지 않았다. 한참을 기다려도 창문 여는 소리조차 들리지 않았다.

언덕을 올라온 하얀 지팡이들이 초인종 소리를 따라 방향을 틀어 그 집으로 빨려 들어갔다. 나는 빈 창문을 쳐다보다 언덕길로 내려갔다. 지하철역 입구 근처까지 갔을 때 미용실과 문구점 사이 골목에서 사람들이 모여 웅성거리는 것이 보였다. 카렌스도 한 대 서 있었다. 그냥 지나가려는데 가느다란 고양이 울음소리가 들렸다. 계단 사이 틈에 고양이가 새끼를 낳았다고 누군가 말했다. 나는 초인종 소리에 빨려 들어가듯 골목 쪽으로 방향을 틀었다. 집주인은 새끼들이 눈을 뜨는 동안 먹이를 주고 물을 갈아주면서 돌봤다고 했다. 대문에 고양이를 분양한다고 써 붙여 놓고 일주일을 더 돌봤다고도 했다.

"모두 일곱 마린데 두 마리는 근처 초등학생들이 가져갔고, 하나는 저기 미용실에서 키우겠다고 해서 줬거든요. 나머진 어떻게 해야 할지 몰라서 구청에 신고한 거였어요. 난 몰랐어요. 얘들 데리고 갔는데 입양인이 안 나타나면 글쎄, 안락사를 시킨대요. 어떡해, 난 몰랐어. 이제 막 태어났는데 살아 보지도 못하고 어쩌면 좋아."

구청에서 위탁한 업체에서 나와 남은 고양이들을 케이지에 넣고 있었다. 집주인은 자기가 신고를 해놓고도 그들을 막으며 주변에 모인 사람들에게 호소하고 있었다.

"이렇게 보내면 잠도 못 잘 것 같아요. 누구 키워줄 분 없어요? 괜히 신고를 해가지고…… 애들 어떻게 해."

집주인은 발을 동동 굴렀다. 누군가 그러면 당신이 키우라고 말했다.

"내가 애들을 키울 수가 없으니까 이러죠."

집주인은 곧 외국으로 갈 거라고 했다. 그러니까 누구든 맡아 달라고 주변을 둘러보며 힘주어 말했다. 집주인은 차를 멈추게 하려고 내가 방금 소녀에게 한 것처럼 주변에 모인 사람들과 눈을 맞추며 말을 걸고 있었다.

"애들은 십일, 아니 일주일인가 있다가 분양이 안 되면 안락사를 해버린대요. 여기 있는 누구 맡아줄 분 없어요?"

"새끼들 엄마는 어디 있어요?"

사람들 사이에서 좀 전에 나보다 먼저 내려갔던 소녀의 목소리가 들렸다.

"지 새끼들 가져가는 걸 다 아나 봐. 아침에 나가서 안 들어오네. 안쓰러워서 어쩌나. 내가 애들을 다 죽이게 생겼어. 너는? 아……."

사람들 다리 사이로 소녀의 하얀 지팡이가 멈춰 있는 게 보였다. 집주인은 소녀의 모습을 보고는 뒷말을 흐렸다. 소녀의 표정이 일그러졌다. 소녀는 너무 일찍 세상을 알아버려 눈을 감은 것처럼 울상을 짓고 있었다. 소녀가 발을 내딛다가 지팡이를 놓쳐 바닥을 더듬었다. 나는 지팡이를 주워 건넸다.

"여기까지 왔구나."

소녀는 아까와는 다르게 허둥대며 흰색 지팡이로 바닥을 더듬었다. 지팡이에 사람들의 발이 걸렸다.

"아줌마!"

내가 있는지 확인하듯 다급한 목소리였다.

"나 아까 그 의자로 다시 데려다주실래요?"

"팔짱 껴도 괜찮지?"

내가 소녀의 팔짱을 끼자 그제야 소녀가 고개를 끄덕였다. 골목의 가로등이 켜졌다. 새끼 고양이들을 실은 차도 떠나고 있었다. 우리는 각자 내려왔던 길을 팔짱을 끼고 올랐다. 그리고 좀 전으로 돌아간 것처럼 의자에 나란히 앉았다.

"그러면 안 되는데…… 고양이 울음소리가 들려서 그쪽으로 옮겼더니 그만 길이 엉켜버렸어요."

엉킨 것들은 처음부터 다시 풀어야 한다는 조용한 목소리였다.

"근데 지금은 몇 시죠?"

소녀는 손목을 내밀었다.

"다섯 시 십 분!"

소녀는 삼색 고양이를 만났을 때처럼 입술을 꽉 벌리며 웃었다.

"아줌마, 외로움이랑 그리움이랑 뭐가 다른지 아세요?"

소녀의 목소리가 한결 가벼워졌다.

"글쎄, 둘 다 움인데 외로운 건 나고 그리운 건 너 같네."

"땡! 비슷하긴 한데 틀렸어요."

"그럼 뭐지?"

"알려줄까요?"

"알 것도 같은데 실은 잘 모르겠어. 알려줄래?"

소녀는 외로운 건 다른 걸로 채울 수 있는데, 하며 이제 가야 한다고 일어섰다. 나도 일어섰다. 이번에는 소녀가 먼저 팔짱을 껴도 되냐고 물었다. 언덕을 내려오며 소녀는 헤어진 적이 없는 고양이에 대해 이야기했다. 나는 그 고양이가 검고 노랗고 하얀 털을 가진 삼색이었을 거라고 했다. 소녀는 기다리는 것 같기는 한데 그게 뭔지는 모르겠다고 했다. 모르니까 계속 기다릴 수밖에 없다고도 했다. 그러면서 "외로움이랑 그리움이랑 뭐가 다른지 알려줄까요, 진짜 몰라요?" 하고 물었다. 나는 오토바이를 피하기 위해 소녀를 내 쪽으로 바짝 끌어당겼다.

"외로운 건 다른 걸로 채울 수 있잖아요. 그런데 그리운 건 다른 걸로 채워도, 아무리 채우려고 해도 절대로 채울 수 없는 거예요."

소녀는 그 말을 하며 잠깐만요, 하고 멈추더니 골목 쪽으로 걸어갔다. 소녀는 긴 의자에서부터 골목까지의 걸음을 센 건지 지팡이로 골목 입구를 확인했다. 나는 뒤를 따랐다. 골목에서는 더이상 가는 고양이 울음소리가 들리지 않았다. 그때였다.

"초롱!"

높은 파솔의 목소리가 골목을 울렸다. 소녀는 고양이처럼 그 자리에 가만히 웅크렸다. 이번엔 숨어 있던 삼색 고양이가 어디선가 튀어나올 차례였다. 다음에 다시 오려고 내 손을 놓았구나. 소녀는 내게 기다림의 자세를 알려주고 있었다. 소녀의 자세는 이 길을 지나는 동안 계속 이어질 거라는 걸 나는 알았다. 소녀에게 기다림은 자기가 오고가는 걸음을 재는 일처럼 처음으로 돌아가는 일 같았다. 소녀는 같이 물을 나누어 먹던 고양이가 있던 자리, 그것은 다른 고양이가 온다고 해서 채워지지 않는다고, 생명은 생명에게 다른 것들로 채울 수 없는 자기만의 자리, 그리움을 남긴다고 온몸으로 말하고 있었다.

골목에서 나온 소녀는 전철역 입구를 확인하고는 이제 혼자 가겠다고 했다. 하얀 지팡이가 바닥을 치는 소리가 계단 끝까지 이어졌다. 소녀가 잡고 있던 팔이 허전했다. 계단 끝을 확인한 소녀가 뒤를 돌아 나를 바라보았다. 나는 하아 하고 웃음이 터졌다. 소녀는 나를 향해 손을 흔들고 있었다. 나도 모르게 손을 번쩍 들었다. 어떻게 번졌는지 알 수 없지만 그 순간만큼은 삼색 고양이의 영혼이 내게 들어온 것이 틀림없었다. 나는 소녀가 사라질 때까지 손을 흔들었다.

겨울 강

내가 그 강을 직접 본 것은 여덟 살이 끝나가는 겨울이었다. 십일월이었고, 이른 함박눈이 내려 뛰다가 넘어지기를 반복했던 기억이 난다. 같이 가! 오빠들을 따라잡을 수 없어 소리를 지르면 그 소리는 내 귀로 돌아와 웅웅 울려댔다.

같이 가아, 오빠, 같이 가!

있는 힘껏 소리를 질러도 오빠들은 멈추지 않았다. 오빠들은 신호등 따위 무시하며 건넜고 거리가 벌어질수록 눈은 더 거세졌다.

기집애야, 따라오지 마.

뛰어가다 되돌아온 오빠가 길 건너에서 나보다 더 세게 소리 지르는 게 보였다. 넌 못 간다니까. 얼른 돌아가. 그 소리는 질주하는 화물차에 깔려 납작 엎드린 채 함박눈에 먹히고 있었다.

겨울이 시작되면 동네 오빠들은 누가 시작한 건지 모르는 달리기를 했다. 일요일 아침이면 우르르 몰려나가 저녁이 한참 지나 돌아오곤 했는데, 그럴 때면 비밀 모임을 하고 온 사람들처럼 무언가 조금씩 바뀌어 있었다. 그게 뭔지 알 수 없었지만 표정이나 목소리가 그랬다. 내게 '기집애'라고 말할 때 입술 끝을 올린다든지 뒷주머니에 한 손을 넣고 걷다가 미용실 언니가 지나갈 때 칙, 침을 뱉는다든지. 무엇보다 영주 언니를 자주 울렸다.

학교에 들어가기 전까지 내 유일한 친구는 영주 언니였다. 언니는 말수가 적은데다 목소리는 낮고 느려서 듣고 있으면 졸렸다. 행동은 말보다 더 느려서 나보다 어린 애들도 언니를 보면 "돼지 간다"고 손가락질을 했고, 오빠들은 언니의 뒤에서 걸음걸이를 따라 하다 출렁이는 언니의 가슴을 훅 찌르고 도망가기도 했다. 그러면 언니는 오빠들을 따라가 때려줄 생각은 않고 그 자리에 주저앉아 울었다.

영주 언니는 나와 세 살 터울인 오빠보다 네 살이나 많다고 했다. 그러면 그해에 중학교에 들어갔어야 하는데, 언니의 학교는 교회였고, 교회는 언니의 집이었다. 우리 집에 비하면 대궐 같은 교회에 사는데 목사님은 영주 언니를 학교에 보내는 대신 예배당 청소를 시켰다. 교회에서 영주 언니가 하는 일은 많았다. 토끼 밥을 챙기고 똥을 치우는 것부터 찢어진 성경책을 테이프로 붙이고 창문을 닦는 일도 언니가 했다. 특히 주일에 보라색 비로드 천에 싸인 헌금 바구니를 들고 도는 것은 늘 영주 언니의 일이었다. 나는 왜 목사님이 영주 언니를 학교에 보내지 않는지 궁금했다.

언니는 왜 학교에 안 가?

어느 날 교회 마당 한쪽의 느티나무 아래에서 물었다. 오빠들은 영주 언니가 고아원 출신이라고 했다. 그러면서 양딸은 양공주와 같은 거라며 조롱박 두 개를 가슴에 대고는 킥킥댔다. 언니가 목사님네 양딸이라는 오빠들 말을 확인하고 싶었다. 영주 언니는 내년에는 자기도 나처럼 학교에 가게 될 거라고만 했다.

왜 지금 안 가고 1년 뒤에 가는데?

내년에는 갈 거야.

그러니까 왜 지금은 안 가냐고.

언니가 "이건 비밀인데, 사실은 나" 하며 고아라는 고백을 할 때까지 나는 집요하게 물고 늘어졌다. 언니는 "살을…… 빼야 한대"라고만 했다.

중학교에 들어가려면 살이 찌면 안 돼?

언니는 아무 말이 없었다. 누가 그래? 그냥…… 알아. 그런 게 어딨어. 언니네 아빠가, 목사님이 그랬지? 난 너무 많이 먹어. 중학교에 가서 조금 먹으면 되잖아. 목사님이 언니더러 너무 많이 먹는다고 그래? 언니는 "지금부터 먹는 걸 줄여야 해. 그래야……" 하고는 머리를 박고 자기 가슴을 보다가 "너무 커"라고 했다.

아빠들은 그렇게 말 안 해. 목사님이 살을 빼야 학교에 보내준다고 그런 거지?

낮고 느린 목소리를 담은 두 눈동자가 나를 쳐다보았다.

언니는 초등학교 들어갈 때도 뚱뚱했어? 설마 초등학교도……?

흙바닥에 손가락으로 무언가를 그리던 언니는 입을 다물었다. 어디 아팠어? 지금도 아파? 내가 원하는 대답을 해주지 않는 게 답답했다. 어디가 아픈데? 목사님이 친아빠가 아니라고 말하면 될걸, 왜 이렇게 뜸을 들이는지 속이 터질 것 같았다. 언니는 흙바닥에 그림을 그리다 자기한테 말하듯 중얼거렸다.

난 너무 많이 먹으니까. 기도를 해야 한대.

기도를 하면 살도 빠져? 하느님이 살도 빠지게 해?

텔레비전 드라마인 〈수사반장〉에서 최불암 아저씨가 증거를 들이대며 범인을 다그치듯 언니를 몰아세웠다. 언니는 또 입을 다물어버렸다.

아휴 답답해. 아빠들은 그렇게 말 안 한다니까. "살이 쪄도 학교는 다녀야지." 그렇게 말해야 아빠지. 안 그래?

언니는 흙바닥에 손가락으로 네모난 계단 같은 걸 그렸다.

성경에 나오는 사다리 알지?

언니는 자꾸 딴말만 하고 있었다. 나는 신경질이 나서 사다리가 뭐? 하고 되물었다.

기도한다는 건 그 사다리를 하루에 한 층씩 올라가는 거래.

어디까지 올라가는데?

어디까지? ……하늘에 닿을 때까지…… 아닐까. ……하루라도 빠지면 처음부터 다시 올라가야 한대. 그러니까 ……하루라도 기도를 하지 않으면, ……몇 년 동안 기도한 게…… 다 날아가는 거야.

느릿느릿 말을 잇던 언니는 고개를 들고 교회의 십자가를 가리켰다.

저기 새들 보이지?

어디?

날아가잖아.

난 안 보여. 언니한테만 보이나?

저기.

언니의 손끝을 따라가니 허공에 점으로 박힌 것들이 보였다.

저 새들은 모두 사다리 끝에 닿지 못한…… 기도야. 떨어지다가 땅에 닿기 전에…… 새가 된 거래.

땅에 닿으면 뭐가 되는데?

언니는 작은 돌멩이를 주웠다.

이렇게 되겠지. 하늘에 닿을 정도까지 오른 기도가…… 새가 된다고 했어.

새가 기도라고? 거짓말. 참새도? 까치도? 다 기도라고?

그러지 마. 돌멩이도 기도라니까. 이루어지지 않은 기도야. ……모두 기도야.

이 바보야.

나는 돌멩이를 들어 언니 앞에 던졌다. 느티나무에 있던 참새들이 우리 말을 엿듣다 들킨 것처럼 잎사귀에서 줄줄이 튀어나왔다. 언니는 돌멩이로 흙에다 뭐라고 쓰고는 손바닥으로 지우길 반복했다.

언니는 왜 화를 안 내? 화가 안 나?

나라면, 내 아빠가 목사님이라면, 왜 학교를 안 보내주느냐고, 왜 청소만 시키느냐고 화를 냈을 것이다. 그런데 그게 다 기도가 모자라서 그렇다니, 언니는 오빠들이 말한 것처럼 진짜 바보였다.

언니가 답답하니까 다들 언니한테 그러는 거야.

언니는 "뭘?" 하는 눈빛으로 나를 올려다보았다. 하마터면 공사장에서 들은 걸 말할 뻔했다. 아파트 단지가 들어서기 전에 터를 닦은 공사장엔 수십 개의 하수관이 있었다. 10층으로 집 위에 집을 올리는 아파트에는 방 옆에 화장실이 붙어 있다고 했다. 나는 놀라서 그럼 화장실 옆에는 뭐가 있냐고 물었다. 오빠는 부엌이 있다고 했고, 엄마는 마루가 있다고 했다. 부엌이든 마루든 집 안에 화장실이 있다니. 상상만 해도 똥 냄새가 났다. 아파트 공사가 멈춘 것도 화장실 때문인 것 같았다.

그때는 내가 교회에 다니기 전이었고, 모두들 학교에 가고 나만 혼자 남겨졌을 때, 나는 그 하수구 통 하나에 들어가 반나절을 놀곤 했다. 어느 날 옆에 있는 통에서 영주 언니의 목소리가 들렸다. 나는 하수구 통에 귀를 바짝 붙였다. 언니는 모르는 사람과 같이 있었고, 싫다고 했으며, 그 사람이 가고 혼자 남았을 때 울면서 욕을 했다.

내가 교회에 다니기 시작한 건 탐정 놀이를 하고 싶어서였다. 그 사람 누구야? 왜 욕을 했어? 왜 운 거야? 영주 언니와 친해지면 그런 걸 알아내고 싶었다. 나는 추리소설 작가가 될 거였다. 언니가 울면서 욕한 그 개새끼의 정체를 밝히는 것이 내가 맡은 사건이었다. 개새끼는 누굴까. 교회에 나가고 영주 언니와 친해지면서 나는 언니 주변을 탐색했다.

이젠 언니랑 안 놀아.

사건이 풀리지 않을 때마다 신경질이 나서 안 놀겠다고 했지만 다들 학교에 가고 나면 놀 사람이 없었다. 동네를 돌다 보면 교회 마당에 혼자 있는 언니와 마주칠 수밖에 없었다.

우리 거기 갈래?

어디?

하수구 통 있는 데.

그곳에 가자고 하면 언니가 우물쭈물하며 뺄 줄 알았다. 그런데 언니는 궁둥이의 흙을 툭툭 털며 그래 가자, 하고 앞서 걸었다. 아파트는 언제 지어질지 알 수 없었다. 우리 동네가 다 들어갈 만한 아파트 단지의 공사는 멈췄는데 하수구 통은 더 많아진 것 같았다. 하수관 입구는 내 키보다 더 컸다. 나는 그 통에 들어가 방 꾸미기 놀이를 했다. 눈을 끌어모아 하얀 침대를 만들고 분필로 창문도 그렸다. 언니는 옆방에서 사다리를 그리고 있었다. 여기서도 기도하려고? 언니는 대답 없이 사다리 앞에서 두 손을 모았다.

재미없어. 추운데 저 위에서 뛰기 놀이할까?

무서워.

내가 잡아줄게. 언니는 살을 빼야 하잖아.

언니가 무섭다고 하니까 괜히 더 하고 싶어졌다.

언니가 저 위에서 건너뛸 수 있으면 학교에 갈 수도 있어.

정말?

하수관에서 일어서다 언니는 머리를 부딪쳤다. 얼마나 세게 부딪친 건지 쿵 하는 소리가 하수구 통에서 둥그렇게 울렸다. 주저앉아 손으로 머리를 비벼대는 언니의 모습이 웃겨서 참을 수 없었다. 동화책에서 본 곰돌이 푸 같았다. 머리를 만지면서 밖으로 나온 언니는 잡아 달라고 했다. 나는 하수구 통과 통 사이에 발을 끼우고 몸을 옆으로 기울여 가뿐히 통 위에 올라갔다. 언니는 겉옷을 벗고 하수구 통에 매달렸다. 위에서 보니 언니는 정말 돼지 같았다. 엄마들보다 더 큰 하얀 가슴이 보였다.

우와 크다.

나도 모르게 언니가 지나갈 때면 오빠들이 하는 말투가 튀어나왔다. 뭐라고? 언니가 나를 올려다보았다. 나는 얼른 고개를 돌렸다. 아무것도 지어지지 않은 벌판에 하수관만 길게 이어져 있었다. 만화영화에서 본 황량한 미래 도시 같았다. 언니는 내가 한 것처럼 한쪽 발을 하수구 통 사이에 끼우려고 발버둥을 치고 있었다.

안 되겠어. 올라오지 마. 언니는 여기서 절대 못 뛰어.

오빠들이 하던 것처럼 하수관을 뛰어 건너려면 용기가 있어야 했다. 중간 틈에 빠지면 크게 다칠 게 뻔했다.

올라오지 말라니까.

내가 소리쳤다. 바람이 하수관을 통과하며 귀신같이 울어댔다. 잡아줘. 언니는 여전히 낑낑대면서 올라오려 하고 있었다. 언니가 뛸 수 없다는 걸, 언니에게는 없는 용기가 내게 있다는 걸 보여주는 게 더 빠를 것 같았다. 뒤로 몸을 젖혔다가 화살이 당겨지듯 앞으로 나가면 어쩌면 될 것도 같았다.

자, 뛴다. 하나.

바람이 내 등을 세차게 밀어댔다. 나는 휘청거리다 둘, 하고 외쳤다. 언니는 하수관에서 떨어져 내 모습을 보고 있었다. 셋과 동시에 내 몸은 날았고, 반대편 하수관에 도착했다. 무게중심을 잡을 수 없어 손바닥을 쫙 펴고 청개구리처럼 둥그런 통에 딱 붙어 움직이지 않았다. 그 상태로 고개만 돌렸다. 언니가 손뼉을 치는 게 보였다. 나는 한 번 더 뛰어 보기로 했다. 무서움이 가시자 이번에는 제대로 설 수 있을 것 같았다. 하나, 둘, 잘 봐, 뛴다! 무릎이 꺾이긴 했지만 건너편 하수관에 도착했다.

그날 이후로 나는 오빠들이 하수관을 건너며 뛰어다니는 놀이에 낄 수 있었다. 오빠들이 나보고 "기집애가 겁도 없이 날아다니네" 했을 때는 흥이 났다. 하수관 위에서 보는 하늘은 무척 가까웠다. 먼 곳으로 떠나고 돌아오는 비행기들이 더 또렷이 보였다. 오빠들은 그 위에서 달리기 시합을 하다가도 비행기가 지나가면 모두 하늘을 보며 그 자리에 멈췄다.

삼식이다. 내가 먼저 본 거야, 찜.

이번에도 행운은 정찬이 오빠 차지였다. 정찬이 오빠는 삼식이를 보자마자 뒷주머니에서 새총을 꺼내 허공에 돌을 날렸다. 비행기를 맞추는 거라고 했다. 그러고는 아빠들이 하듯 목구멍을 돋워 키악, 가래침을 멀리 뱉었다.

저게 삼식이야?

김포공항으로 착륙하는 비행기 꼬리는 빨간색도 있고 파란색도 있었는데 오빠들이 말한 삼식이는 세 가지 색이었다. 그걸 본 날은 행운이 찾아온다던 오빠들의 믿음을 나도 믿었다. 오빠들은 내가 본 걸 가로채서 찜하고 새총을 쏘고 가래침을 뱉었다. 새총도 없고 오빠들처럼 힘차게 침이 나오지 않아 내 행운은 오빠들이 다 가로챘다.

오빠들은 비행기 게임 말고도 택시 지붕 위에 달린 부채와 복주머니 모양으로도 행운을 정했다. 부채 모양이 제일 많아서 십 원이었고, 복주머니는 뜸하게 보이는 거라 백 원이었다. 한꺼번에 행운을 가지고 싶은 사람은 부채 열 개를 복주머니와 바꾸기도 했다. 안 보고도 봤다고 우길 수 없게 이 게임은 둘 이상이 있을 때만 찜할 수 있었다. 비행기 색깔 찜하기도 하수관 위에서만 맞추는 놀이였다.

삼식이를 본 날, 정찬이 오빠는 내게 영주 언니를 불러오라고 했다. 영주 언니는 왜 부르냐고 물었지만 하기 싫으면 하지 말라고 했다. 우리 오빠가 나서서 나보고 집에 가라고 무섭게 몰아세웠다. 정찬이 오빠는 집으로 가는 내 어깨에 손을 얹으며 뒷주머니의 새총을 꺼내 보여주고는 다시 주머니에 넣었다.

너 이거 가지고 싶지? 네가 임무를 완수하면, 이거 너 줄게.

나는 집으로 가는 발길을 예배당으로 돌렸다. 마당에서 영주 언니를 부르니 토끼장이 있는 곳에서 언니가 대답했다. 나는 정찬이 오빠가 공사장에서 언니를 기다린다고 했다. 언니는 토끼 똥을 치워야 한다고 했다. 나는 얼른 토끼 똥은 이제 내가 치우겠다고 했다. 언니는 고개를 저었다. 나는 언니가 가주면 토끼 똥도 치우고 언니한테도 새총을 빌려주겠다고 했다. 언니는 새총은 필요 없다고 했다. 마음이 급해졌다.

그 오빠가 언니 좋아하는 거 모르지?

언니는 "정찬이가?" 하며 놀라는 눈치였다. 아니면 왜 언니를 부르겠어? 한번 뱉은 거짓말은 하고 나니 진짜 같았다. 공사장으로 가며 언니는 정찬이가 정말 자기를 좋아하느냐고 자꾸 물었다. 나는 토끼 똥 얘길 괜히 먼저 꺼냈다고 생각했다. 공사장에 도착했는데 오빠들은 그새 집으로 간 건지 보이지 않았다. 통을 하나씩 들여다보았다. 하수관 끝 쪽에서 정찬이 오빠가 날 보고는 쉿 하고 자기 입을 막았다. 뭔가 나쁜 짓을 할 때 하는 행동이었다. 나는 얼른 손을 내밀었다. 오빠는 내 손에 새총을 올렸다. 나는 새총을 얻자마자 "언니, 뛰어!" 하고 소리 질렀다.

그날 영주 언니가 어디로 뛰었는지는 모르겠다. 한참 뛰다가 뒤를 보니 언니가 보이지 않았다. 나는 새총을 얻은 게 신이 나서 돌멩이를 주워 새를 향해 날리는 데만 정신이 팔려 있었다. 새총이 생겼으니 그날의 행운은 내게 찾아온 게 분명했다. 그 행운을 언니에게도 조금 나눠주려고 했는데, 언니는 그날 이후 나를 보면 못 본 체했다. 말을 걸어도 대답하지 않았고, 내가 가까이 가면 새총도 없으면서 돌이든 흙이든 마구 뿌려댔다. 나는 약속한 대로 내가 토끼 똥을 치우지 않아서 그런 거라고 생각했다. 새총을 얻었으니 토끼 똥은 치우고 싶지가 않았다. 나는 언니가 던진 돌을 주워 새를 향해 쏘았다.

다음해 영주 언니는 중학교에 입학하지 않았다. 학교에 가는 대신 병원으로 실려 갔다. 언니는 하수관 사이에 끼어 있다가 하루가 지나 발견되었다고 했다. 나는 영주 언니의 옷을 물려받았다. 목사님은 내게 언니의 옷을 주며 주일 헌금함 봉헌을 하라고 했다. 나는 영주 언니의 옷을 입고 헌금 바구니를 들고 헌금을 걷었고, 초등학교 입학식에도 갔다. 모자를 붙였다 뗄 수 있는 녹색 코트, 코르덴 바지와 미키 마우스가 그려진 허리띠, 알라딘 램프가 수놓인 빨간 폴라 상의까지 풀세트였다. 엄마들보다 더 큰 가슴을 가진 영주 언니도 초등학교에 입학할 땐 나만 했다는 게 신기했다. 근데 왜 그렇게 뚱뚱해진 건지 알 수 없었다.

얼마 지나지 않아 정찬이 오빠네는 한밤중에 짐을 꾸려 도망을 갔다. 나는 하수관에서 들었던 개새끼가 누굴까를 떠올렸다. 쉿 하며 조용히 하라던 정찬이 오빠가 먼저 떠오를 줄 알았는데 이상하게 하수구 통에 귀를 대고 있던 그 애, 탐정 놀이를 하던 그 애가 떠올랐다.

밤마다 꿈에 그 애가 나왔다. 그 애는 영주 언니가 물려준 알라딘 램프 옷을 입고 있었다. 내게 아파트 공사장에 놀러가자고 손을 내밀었고, 싫다고 소리 지르는 나를 끌고 그곳으로 갔다. 그 애는 하수관에 숨겨둔 사다리를 꺼내오라고 했다. 하수관에는 사다리가 없었다. 나는 언젠가 언니가 했던 것처럼 그 앞에서 두 손을 모았다. 하수관 안에 그려진 사다리가 튀어나왔다. 나는 그걸 그 애에게 주었다. 그 애는, 사다리를 타고 하수관에 올라가 내가 그랬던 것처럼 껑충 뛰어 날아올랐다. 안녕, 그 애가 내게 손을 흔들었다. 나는 하수관 위에 올라가 사라지는 그 애를 잡으려고 소리를 질렀다. 언니, 영주 언니! 그러다 미끄러져 떨어졌다. 떨어지고 떨어져도 바닥이 나오지 않아 소리를 지르며 잠이 깼다.

그 애는 분명 나였는데, 나는 왜 영주 언니를 불렀을까. 그 애도 나고 소리 지르는 것도 나인 이상한 꿈에서 나는 항상 떨어지고 있었다. 엄마는 그게 키가 크는 꿈이라고 했다. 실제로 나는 입학할 때보다 십 센티미터는 더 자라 있었다. 키가 크려면 이런 무서운 꿈을 꾸어야 하는구나. 영주 언니도 몸이 뚱뚱해질 때마다 이런 악몽을 꿨을까. 왠지 그랬을 것 같았다. 교회에 갈 때마다 언니가 떠올랐다. 언니는 왜 한밤중에 공사장에 가서 하수관 사이에 끼었을까. 내가 그랬던 것처럼 통에서 통으로 건너뛰려 했던 걸까. 살을 빼려고 그랬을까.

입학식이 있던 삼월이 가고 여름이 지나고, 다시 겨울이 되었는데도 영주 언니는 돌아오지 않았다. 목사님은 언니가 실려 갔다는 병원도 알려주지 않았다. 나는 언니가 병원을 탈출해서 내 앞에 나타나길 기다렸다. 언니가 와야 헌금 바구니를 돌려줄 텐데, 이제 이거 하기 싫다고, 일요일엔 놀러 갈 거라고, 헌금 바구니를 언니한테 돌려주고 싶은데, 언니는 어디로 간 것일까. 교회로 가는 아침마다 나는 주변을 두리번거렸다. 어디선가 언니가 숨어 있다가 짜잔 하고 나타날 것 같았다.

그해 함박눈이 내리던 날, 나는 여전히 오빠들을 따라 뛰고 있었다.

같이 가, 오빠 같이 가.

내 손에는 헌금 바구니에서 훔친 지폐가 들려 있었다. 누군가 따라오는 것 같아 어디든 먼 곳으로 숨고 싶은 날이었다. 신호등이 바뀌고 오빠들이 사라진 골목으로 뛰었다. 눈밭이 펼쳐졌다.

그곳에는 분명히 오빠들이 남긴 어지러운 발자국들이 찍혀 있었다. 나는 추리소설 주인공처럼 그 발자국에 내 발을 찍으며 앞으로 나아갔다. 이대로 눈 발자국을 따라가면 오빠들은 꼼짝없이 아지트를 들킬 게 뻔했다. 눈앞의 발자국을 보느라 내 뒤로 발자국들이 지워지는 것은 알 수 없었다.

어른 대여섯 명이 밀어대는 듯한 바람에 앞으로 나아가지 못하고 몸을 움츠렸다. 바람은 내 머리칼을 붙잡고 사방으로 뻗어나갔다. 고개를 들면 눈동자를 공격했다. 녹색 코트에 달린 모자를 뒤집어썼다. 두 손으로 바람을 막으며 눈을 감았다가 떴다. 눈썹에 앉은 눈송이가 볼을 타고 흘렀다. 나보다 약하고 어린 눈송이들이 하루살이 떼처럼 빽을 치고 눈동자를 찔렀다. 눈보라에 지지 않으려고 눈을 비비며 한 발씩 앞으로 나아갔다. 그러다 고개를 들었을 때, 나는 이 세상의 것이 아닌 처음 보는 풍경 앞에서 몸이 굳었다. 내 앞에는 지금껏 보지 못한 거대한 것이 있었다.

바다가 왜 여기 있지.

이렇게 가까운 곳에 바다가 있다는 걸 아무도 내게 알려주지 않았었다. 내가 사는 곳은 서울인데, 공항으로 가고 떠나는 비행기가 낮게 나는 발산동인데, 우리 집에서 눈보라를 헤치고 달려오면 바다가 있다고 아무도 내게 알려준 적이 없었다. 이곳에 오지 못하도록 나를 밀어대던 겨울바람은 바로 그곳에서 만들어지고 있었다. 바다는 얼어 있었고, 그 위로 함박눈이 쌓였고, 그

눈밭에서 사람들이 움직이고 있었다. 누군가 한 발 나아가면 뒤에 있던 누군가가 한 발짝 더 앞으로 나아가는 식이었다. 눈밭이 끝나는 곳에는 검은 물결이 일렁였다. 아, 나는 입을 틀어막았다. 왜 그런지 알 수 없지만 배꼽 아래가 아리고 울렁였다. 눈밭과 물결 사이에서 무언가 움직였다. 언니가 말한 기도라는 새가, 아주 큰 새가 날아올랐다.

저 새들은 모두 사다리 끝에 닿지 못한 기도야.

그 큰 새는 바다를 끌고 내 머리 위로 날아와 하늘로 올랐다.

떨어지다가 땅에 닿기 전에 새가 된 거래.

손나팔을 불듯 두 손을 입에 댔다. 조금 더 가면 물에 빠질 거라고, 가지 말라고, 오빠를 부르려고 했는데, 분명 오빠를 부른 거였는데, 내 입에서 튀어나온 것은 "언니, 영주 언니" 하는 외침이었다. 내 입을 막으려는 듯 또 한차례 눈보라가 나를 덮쳤다. 힘이 빠져 털썩 주저앉았다. 겨울이 어디서 시작되었는지 알았다고 해서 그 바람을 이길 수는 없는 거였다.

저기 저 새 보이지?

영주 언니의 목소리가 들렸다. 나는 고개를 끄덕였다. 어딘가로 떠나는 비행기의 꼬리 위로 겨울을 물고 날아오른 큰 새가 겹쳐졌다. 자꾸 눈물이 나왔다. 눈송이가 눈에 박힌 것도 아닌데 눈물이 나왔다. 나는 주머니에서 지폐를 꺼내 손바닥에 올렸다.

언니, 영주 언니. 이거 줄게. 이제 나와.

지폐가 새처럼 날아갔다. 지폐가 날아간 곳을 보려고 뒤로 돌왔다. 아무도 그곳에 오지 않았던 것처럼 발자국들이 지워지고 있었다. 어떻게 돌아가야 할지, 그곳이 어딘지 알 수 없었다.

시간이 한참 지나 내가 그때의 오빠들보다 더 컸을 때, 나는 그날 본 것이 바다가 아니라는 걸 자연스럽게 알게 되었다. 영주 언니가 간 곳이 병원이 아니라는 것도, 정찬이 오빠네가 도망치듯 사라진 이유도, 내가 영주 언니에게 했던 짓이 뭔지도 어렴풋이 알 수 있었다. 서울 곳곳, 내가 이사하는 곳마다 따라오던 그날의 바다는 강이었다. 사다리 끝에서 떨어진 언니의 기도가 날아오르던, 울고 싶지 않지만 울게 되고, 기도하고 싶지 않지만 기도하게 되는, 이별이라는 단어를 알기도 전에 이별해버린 어린 영혼이 머물던 겨울 강이었다.

삼월의 눈

그는 오늘 제일 깨끗한 옷을 골랐다. 바자회에서 팔다 남은 옷을 주민센터에서 나눠준 것이긴 하지만 섬유 유연제를 잔뜩 넣었는지 팔을 넣고 지퍼를 잠글 때는 은은한 꽃향이 났다. 그는 선반에 올려놓은 박스를 꺼냈다. 하얀 종이에 싸인 구두가 있었다. 그는 옷소매로 구두코를 닦기 시작했다. 검은 구두가 반짝였다. 구두코에 코를 갖다댔다. 은은한 꽃향이 구두에도 묻은 것처럼 그는 깊은숨을 들이쉬었다. 두 손으로 조심스럽게 구두를 내려놓고 발을 넣었다. 그는 진수 형이 그랬던 것처럼 구두를 신고 방을 돌았다. 뒤축이 헐렁였다. 그는 주저앉아 구두를 벗고 양말을 하나 더 신었다. 덧신은 양말도 비닐에서 뜯은 새것이었다.

문을 나서며 그는 오늘은 무슨 노래가 좋을까를 떠올렸다. 구두의 또각 소리가 계단을 오르고 있었다. 솔솔솔 도시도 레레미

파파파 파미도미레, 계단 끝으로 음들이 모여들었다. 진수 형이 휘파람으로 따라 부르던 노래였다. 진수 형과 말다툼을 하던 때가 떠올랐다.

"이게 왜 이별이야?"

그가 하모니카를 불면 진수 형은 불쑥 생각나는 아무 제목이나 갖다 붙이곤 했다.

"이별이야. 어쩌다 생각이 나겠지, 그렇게 사랑했던 기억을 잊을 수는 없을 거야, 그러는 거."

"산을 넘고 바다 건너 두 마음이 만나는 거였는데."

"네가 이별처럼 안 부니까 그렇지. 산 넘고 바다 건너 헤어진 거라니까."

"예전에 길에서 들었던 건 그렇지 않았는데. 헤어져도 만나는 거였는데……."

"그러니까 내가 너를 좋아하지. 예술가는 이별도 만남으로 만들어버리잖아."

"예술가? 내가?"

"너는 여기 쪽방촌의 예술가지. 우리 내기할까?"

"무슨 내기?"

"네가 하모니카를 불어. 그러면 내가 옆에서 지나가는 사람들한테 물어 볼게."

"길거리에서 하모니카를 불라고? 내가 거지야?"

"그걸 뭐라고 하던데, 버거킹인가. 길에서 음악 하는 사람을…….”

그는 우습다는 듯 말을 잘랐다.

“그건 햄버거집 이름이잖아. 버거킹이 아니라 뭐였더라.”

그는 하모니카를 손바닥에 치면서 바스킹, 바기킹, 버스킹 하며 침을 빼냈다.

“너는 악보도 없이 하모니카를 불잖아.”

그는 고개를 저으며 다시 하모니카를 물었다.

“너 못 봤어? 길에서 노래 부르는 애들이 기타 치면서 그 앞에 기타 케이스를 열어놓으면 사람들이 지나가면서 돈을 넣어. 다 그렇게 해.”

하모니카에서 입을 떼며 그가 말했다.

“입고 나갈 옷도 없어.”

진수 형이 그의 뒤통수를 때렸다.

“야 임마. 예술가는 원래 더럽게 입고 다니는 거야. 머리도 안 감고. 그래야 폼이 나지.”

그는 목을 긁으며 신경질을 냈다.

“예술가니까 그렇게 입어도 폼이 나지.”

“그렇게 폼을 잡으면 다 예술가가 되는 거라니까. 아무나 한 번 들은 노래를 하모니카로 부는 거 아니라니까. 너 예술가 맞아.”

그는 자신을 예술가라고 불러주는 게 싫지 않은지 진수 형의 눈을 동그랗게 쳐다보았다.

“구두도 없어.”

"그건 안 돼. 나도 아직 안 신어 봤어."

진수 형은 딱 잘라 말했다. 그때는 안 된다고 해놓고 진수 형은 쪽방촌에서 병원으로 실려 가면서 그에게 구두를 주고 갔다.

"어이, 예술가! 이걸 신을 수 있을지 모르겠어. 그래도 네가 맡아줘."

병원에서 나오면 신을 거니까 먼저 신으면 안 된다고도 했다. 진수 형이 빠져나간 방은 예전 그대로였지만 그 방에 구두가 없는 것은 어울리지 않았다. 구두는 그 방에서 가장 반짝이는 물건이었다. 진수 형이 매일 한 번씩 꺼내어 닦았으니까. 병원에 실려 간 진수 형은 몇 달 사이 뼈만 남은 듯 홀쭉해지더니 결국 두 발로 걸어 나오지 못했다. 마지막으로 보았을 때 진수 형은 그의 손을 잡았다. 무슨 말을 해야 할지 몰라 그는 구두는 잘 있다고, 한 번도 안 신었다고 말했다.

"진즉에 신어 볼걸. 아끼다 똥 됐네. 임마, 나처럼 똥 되지 말고 그거 네가 신어."

그는 구두를 놓고 간 누나 연락처를 달라고 했다. 진수 형은 고개를 저으며 이제 아이를 만나러 간다고 했다. 형이 사라졌는데도 연락할 만한 가족이 없었다. 있어도 연락할 수 없었다. 형도 그렇지만 그도 독립하기 위해서는 가족과 연을 끊고 살아야 했다. 기초생활수급비를 받으려면 어쩔 수 없었다. 그의 하모니카는 큰형의 부양의무포기 각서와 바꾼 것이었다.

오늘은 진수 형의 두 번째 기일이었다. 주변에서 입학식이 있는지 횡단보도 양쪽으로 꽃을 파는 사람들이 늘어서 있었다. 원래 그의 자리는 밤을 새워 자리를 차지한 것인지 꽃으로 채워져 있었다. 접이식 책상을 손에 든 한 청년이 꽃 행상 사이에 끼려고 자리다툼을 하고 있었다. 그는 어쩔 수 없어 길 한가운데 털썩 주저앉았다. 그리고 박카스 통을 꺼냈다. 지나가는 사람들이 돌부리를 피해가듯 눈살을 찌푸리며 양쪽으로 갈라졌다. 그는 품에서 하모니카를 꺼냈다. 진수 형이 좋아하던 노래들이 자연스럽게 끌려 나왔다. 〈동무생각〉을 부는데 노란 가방을 멘 꼬마가 엄마 손을 잡고 동전을 떨어뜨렸다. 꼬마는 그에게 떨어지는 햇살을 가리지 않았다.

횡단보도에서 신호를 기다리던 사람들 사이로 하모니카 소리가 파고들었다. 사람들은 길 가운데 자리잡은 그는 보지 못하고 소리가 나는 곳을 기웃거렸다. 처음에는 누군가의 핸드폰 소리인가 갸웃거리다 소리를 잡은 듯 그를 힐끗힐끗 쳐다보았다. 삼월 들어 첫눈이 내리고 있었다. 그는 이번에는 〈대니보이〉를 불었다.

"너 이거 아무데서나 불지 마."

진수 형은 그가 부는 〈대니보이〉를 유난히 좋아했다. 그럴 때면 그는 형이 말한 예술가가 된 것처럼 어깨에 잔뜩 힘이 들어갔다.

"좋은 건 더 불어야지 왜 아무데서나 불지 말래?"

"임마, 예술가는 가오가 있어야 돼. 앙코올 할 때 막판 뒤집기를 할 하나를 감추고 있어야 한단 말씀이야."

"형은 이 노래가 왜 좋은데?"

"몰라, 모르는데도 좋으니까 좋은 것 아니냐?"

눈은 쌓이지 않고 날리고 있었다. 엉덩이가 차가웠다. 형이 있었다면 박스라도 찾아다줬을 텐데. 찬기가 입으로 모여 〈대니보이〉의 가락이 떨렸다. 그는 눈을 꼭 감고 〈대니보이〉에 이어서 솔솔솔 도시도 레레미 파파파 파미도미레를 불었다.

"저, 사진 한 장 찍어도 될까요?"

횡단보도 앞에 서서 햇살을 가리던 여자가 그에게 물었다. 그는 이 노래 제목을 아느냐고 물었다.

"이별이요."

여자는 지갑을 꺼내 지폐를 박카스 통에 넣으며 말했다. 그는 습관적으로 찡긋 웃었다. 여자도 그를 따라 웃으며 횡단보도를 건너갔다. 이별이었구나. 형이 이겼네. 그는 여자의 모습이 사라질 때까지 쳐다보았다. 신호등의 신호가 깜박였다. 급하게 뛰어오던 한 남자가 박카스 통을 치고 지나갔다. 동전이 사방으로 튀었다. 남자는 뒤를 한 번 쳐다보고는 바쁜지 그냥 뛰어갔다.

꽃을 팔던 청년이 얼른 달려와 흩어진 동전들을 통에 담았다. 꽃다발을 든 교복을 입은 한 여자 아이가 굴러오는 동전을 운동화로 밟는 것이 보였다. 잠깐 멈췄던 눈발이 다시 날리기 시작했다. 그는 구겨진 박카스 통이 마음에 안 들었다. 그는 구두를 벗었다. 아침에 그랬던 것처럼 구두에 떨어지는 하얀 눈송이를 소매로 닦았다. 그리고 박카스 통에 있던 동전을 구두에 쏟았다.

그는 사라진 여자 쪽을 보며 하모니카를 불었다. 형이 말한 〈이별〉이 하모니카 선율을 타고 사람들 사이로 흘러가고 있었다. 횡단보도를 건너는 사람들 사이로 왼쪽으로 기울어진 형의 걸음걸이를 닮은 뒷모습이 보였다. 형은 지금쯤 어느 횡단보도를 건너고 있을까? 형은 이 구두를 신고 어디로 가고 싶었을까? 아까부터 꼼짝 않고 서 있던 운동화를 신은 학생이 발밑의 동전을 주워 구두에 넣었다. 학생은 자기가 들고 있던 꽃다발에서 꽃을 하나 뽑았다. 그리고 구두 속에 꽃을 꽂았다. 그는 또 찡긋 웃어 보였다. 구두 속의 꽃이 눈을 마중하는 것처럼 보였다. 눈발이 굵어지고 있었다. 형은 눈송이가 되었을까. 삼월의 눈송이가 되어 형이 말한 아이의 입학식에 가고 싶었던 걸까? 눈송이가 구두 속으로 자꾸 걸어오는 삼월이었다.

배가 들어오는 날

유달 씨는 봄맞이 상춘객을 위한 도로 정비로 가로수를 점검하고 있었다. 후박나무 껍질이 항암 효과뿐만 아니라 소화 장애, 구취나 치주질환에 좋다는 소문이 돌면서 껍질이 벗겨진 후박나무가 눈에 띄게 늘었다. 유달 씨는 후박나무 앞에 트럭을 세웠다. 지난해에 껍질이 벗겨진 나무였다. 새순이 나오지 않았는데도 새들이 놀고 있었다. 제기랄 거, 하다 하다 가로수로 심은 나무껍질까지 벗겨가는 징한 인간들. 유달 씨는 창밖으로 욕을 뱉으며 청사로 향했다. 유달 씨는 얼어 죽은 나무의 가로수 번호를 적어주고 축제 준비에 대해 물었다. 도로정비과 직원이 시장의 호소문이 적힌 인쇄물을 건넸다.

"그럼 우리는 뭐 하나?"

도로정비과 직원은 밀려드는 전화를 받느라 송수화기를 들고 청사에도 현수막을 걸어야 한다고 했다. 현수막 작업을 끝낸 유달 씨는 종이뭉치를 들고 청사를 나와 저녁을 해결하는 '영만이네'로 향했다. 하긴 길거리에 심어진 가로수도 먹을 거라고 기어이 벗겨 먹는 사람들이 멀리 있는 것만도 아니었다. 영만이네는 정수기 물 대신 겨우내 후박피 끓인 물을 손님들에게 내놓았으니 이 집 노인네가 범인일 수도 있다. 유달 씨는 혀로 잇몸을 쓸었다. 유달 씨가 들어서자 쑥을 다듬던 노파가 벌떡 일어났다. 노파는 축제 취소된 거 맞느냐고 물었다. 유달 씨는 거드름을 피우며 자리에 앉았다.

"고속도로 끝부터 여기 앞까지 깃발을 걸라네. 봄꽃 축제를 해야 나도 먹고사는데 꼭 이렇게까지 해야 하나 모르겠어요."

노파는 식탁에 반찬을 하나씩 놓았다.

"시장이 깃발을 걸라고 했다고?"

노파는 뜨거운 밥을 유달 씨 앞에 놓고 뚜껑을 열며 "길에 깃발이 걸린단 말이여?" 하며 물었다. 유달 씨는 버럭 소리를 질렀다.

"어무니는 왜 같은 걸 자꾸 묻는데요? 그 배가 들어오는 바람에 봄맞이 축제고 뭐고 다 취소됐다고."

노파는 주방 쪽을 보며 아들을 불렀다. 현수가 주방에서 나오며 손을 닦았다.

"현수야, 세상에 이런 날이 다 있다. 깃발이 걸린단다. 그게 언제 온다든?"

유달 씨의 이야기를 하나도 놓치지 않으려는 듯 노파는 현수를 잡아끌었다.

"일정이 당겨졌다 안 해요. 그러니 축제도 취소된 거고."

"아이구야, 오긴 오는구만. 진짜 오는 갑네."

현수는 노파의 등을 매만지고 있었다.

"어무니는 그게 오는 게 좋소? 축제도 못하게 됐는데 그래도 좋소?"

"좋은 게 어딨나 이 사람아. 온다잖어. 영영 안 올 줄 알았는데, 그게 온다는데 그깟 축제가 뭐가 중해?"

"그런 사람이……."

유달 씨는 말을 삼키려다 도로 뱉었다.

"그게 밥을 주요, 돈을 주요?"

노파는 귓구멍이 막힌 듯 한숨만 퍼내고 있었다.

"그 물이나 줘 봐요."

유달 씨는 일부러 들으라는 듯 소리를 높였다.

"그거, 후박피 끓인 물. 그 후박피 어디서 났소?"

노파는 안 들린다는 듯 쑥을 다듬으며 손을 떨었다.

"잇몸 아픈 데는 그게 약이야 약. 소화에도 좋고. 시장에서 사다줘?"

현수가 나섰다. 유달 씨는 밥이나 더 달라고 그릇을 내밀었다.

"어디 못된 인간들이 벗겨 먹을 게 없어서 겨울도 못 나게 껍질을 벗겼나 몰라."

노파가 일어나려고 하자 현수가 얼른 밥공기를 가져왔다. 한참 있다 노파가 조용히 물었다.

"죽었던가?"

유달 씨는 범인을 잡았다는 듯 노파를 향해 쏘아붙였다.

"올겨울이 얼마나 매서웠소? 껍질을 벗겨도 계절을 보며 벗겨야지…… 다 얼어 죽었더만."

노파는 아이고, 아이고 하며 한숨만 더하고 있었다.

"존경하는 목포 시민 여러분!"

유달 씨는 시장의 호소문을 식탁에 올려놓으며 소리 내어 읽었다.

"이제는 그동안의 슬픔과 안타까움을 성숙한 시민의식과 숭고한 인간애로 승화시켜 목포가 유가족과 추모객을 따뜻하게 품는 사랑의 도시, 치유의 도시로 거듭나야 할 때입니다잉. 여기다 둘 테니까 손님들한테 뿌려라."

호소문을 들고 눈으로 읽던 현수가 유달 씨를 붙잡았다.

"형, 내일은, 내일은 내가 운전할까?"

"장사 안 하려고?"

현수가 노파를 보며 고개를 끄덕였다.

"그걸로 입 닦으려고 그러냐? 밥값이나 빼라."

유달 씨는 인심 쓰듯 큰소리를 치며 나갔다.

다음 날은 아침부터 가는 비가 내렸다. 겨울이 물러나지 않으려는지 쌀쌀한 바람까지 불었다. 유달 씨는 현수와 한 조가 되어 고속도로부터 큰길을 따라 도로 중앙 깃봉에 깃발을 꽂았다.

시장의 호소 때문인지 길 곳곳에 서로 다른 이름의 현수막들이 걸리고 있었다. 아파트 부녀회 깃발도 있고 음악인 일동이라고 적힌 깃발도 있었다.

"형, 봄꽃도 이런 봄꽃이 없네."

차가 신호에 걸렸을 때 내내 말이 없던 현수가 입을 뗐다. 유달 씨는 왔던 길을 돌아다보았다. 미술학원에서 건 깃발도 있고, 자장면 집 앞에도 깃발이 걸리고 있었다. 시내 전체가 봄꽃이 핀 듯 노란 깃발들로 출렁이고 있었다.

"노인네가 어제부터 종일 한숨만 파더라고."

"그렇게 마음 약한 양반이 후박피는 어떻게 훔쳤대?"

유달 씨는 현수에게 담배를 권했다.

"그게 아니라…… 큰형이……."

"영만이?"

"이제야 영만이 형이 온다고, 그때 형 나이가 열여덟이었잖아."

현수는 담배 연기를 길게 뿜었다.

"우린 형이 어디 있는지도 모르잖아. 어디 갔다가 이제야 온다고 아침부터 부두에 나갔어, 노인네가. 이런 날이 다 오네."

"영만이뿐인가, 창수 누나도 있고 우리 외사촌 형님도 못 왔지. 그놈은 늙지도 않아……."

구청 잡일이란 잡일은 다 해봤지만 국기 게양대에 노란 깃발을 꽂은 이런 날은 유달 씨도 처음이었다. 고등학교는 광주로 유학 간다고 했던 게 엊그제 같은데, 영만이를 떠올리자 유달 씨도 영만이처럼 열여덟 살로 돌아가고 있었다.

"현수야, 저기, 저거 어무니 아니냐?"

유달 씨의 말에 현수는 길 쪽을 향해 클랙슨을 두 번 눌렀다. 그것은 배가 들어온다는 기적소리처럼 길게 울렸다. 유달 씨가 차에서 내려 노파 쪽으로 걸어갔다. 노파는 후박나무에 기대어 그 속살을 더듬고 있었다.

"부두에 갔다 왔소?"

유달 씨가 물었다.

"왔냐? 밀물 타고 두 시간이나 빨리 도착했단다. 얼마나 오고 싶었으면……. 유달아, 그거 어떻게 쓰냐?"

노파는 먼 곳을 바라보는 눈으로 유달 씨를 쳐다보았다.

"뭘 쓰고 싶소?"

노파는 유달 씨의 손에 매직을 건넸다.

"그거, 보고 잡은 걸 어떻게 쓰냐?"

후박나무 껍질이 있던 자리에는 '영만이네' 간판을 옮겨놓은 듯 매직으로 그리다 만 이름이 적혀 있었다.

"어무니는 어린애도 아니고 여기다 그걸 쓰고 싶었소? 불러 보쇼. 내 받아 적을 테니."

노파는 다리에 힘이 빠지는지 자리에 주저앉았다.

"영만아, 아가, 이제야 오냐. 얼른 오니라. 느그들 온다고 네 친구 유달이가 시내 곳곳에 깃발을 안 꽂았냐. 시장이 꽂으라고 했단다. 영만아, 얼마나 보고 잡은지 아냐? 오래 걸렸으니 조심조심 오니라. 그 찬데서 얼마나 추웠을고. 아가, 영만아, 배에 탄 아가들 다 데리고 오니라. 꼭 데리고 오니라잉."

유달 씨는 노파의 거칠어진 손을 문지르면서도 여전히 투덜댔다.

"그걸 다 어떻게 적소? 후박피는 왜 그렇게 벗겨 먹었대?"

노파는 유달 씨를 올려다보며 말했다.

"그 후박피 말이여. 내 이날 이때껏 남의 것 탐내고 안 살았는디, 그 큰 배가 넘어지는데 아가들이 못 나왔지 않냐. 그때부터 이게 그렇게 벗기고 싶더라고. 그이들도 평생 나처럼 살면 어쩌냐. 하도 이를 악물었더니 잇몸이 다 문드러졌어야. 가로수도 다 나라에서 심어준 거 아니냐? 이걸 벗겨 먹으니까 그래도 숨통이 트였어야. 이거 벗겨서 너도 주고 나도 먹고 안 했냐. 그니까 잘못을 같이 나눈 거다잉."

유달 씨는 어제 그랬던 것처럼 혀로 잇몸을 쓸었다. 그러고 보니 잇몸이 시리던 게 언제 없어졌는지 모르게 사라졌다. 잘못을 나눈다고? 후박피 끓인 물을 얻어먹으면서도 모른 체하던 자신을 들킨 것 같았다. 차에서 라디오를 듣던 현수가 "구속이래, 구속!" 소리를 치며 뛰어왔다.

"아따, 날 한번 잘 잡았네. 몇 년 동안 그 찬 데 있던 배가 들어오니까 대통령이 구속되네잉."

유달 씨는 겨우내 고드름 제거를 하던 건물을 올려다보며 말했다. 그곳에도 현수막이 걸려 있었다. 매미 유충을 제거하기 위해 약을 뿌려대던 나무에도, 국경일에 맞춰 국기를 꽂던 자리에도, 영만이와 뛰어놀던 길거리에도 노란 깃발들이 줄지어 들어서 있었다. 유달 씨는 현수를 보며 머리를 긁적였다.

"현수 너, 그 못 나온 사람들 이름 다 아냐?"

현수는 오래 알고 지낸 것처럼 육지로 나오지 못한 이름들을 하나씩 불렀다. 유달 씨는 후박나무 껍질이 있던 자리에 현수가 부르는 이름들을 적어나갔다. 영만이와 낙서를 하며 놀던 어린 시절로 돌아간 것 같았다. 이름을 쓸 때마다 잘못이 하나씩 없어지고 또 그 이름들이 스미고 있었다. 유달 씨는 시계를 보았다. 대통령이 구속되었다는 것을 잊지 말라는 듯 배가 목포 신항에 들어온 삼월 삼십일일 세 시 삼십일 분이었다.

유달 씨는 처음으로 자신이 쓴 이름들을 불렀다. 후박나무 껍질이 있던 자리에 새로 돋아난 이름들이 대통령을 구속시킨 것 같았다. 유달 씨는 차에 있던 짚단을 꺼내 나무에 묶었다. 언 나무를 살릴 방법은 벗겨진 껍질 자리에 짚단을 묶어주고 새순이 나올 때까지 기다리는 것밖에 방법이 없었다. 가는 비가 노파의 머리 위에도, 짚단을 묶는 유달 씨의 손끝에도 내려앉았다. 잘못을 같이 나누겠다는 듯 새순이 나오지 않은 언 나무에도 비가 내리고 있었다.

보리차를 끓이며

벌써 6년이 지났네요. 새언니를 마지막으로 본 것은. 20여 년을 못 보다 새언니를 만나게 된 그날, 내가 있던 유월의 하늘에는 눈이 내리듯 깃털이 날렸답니다. 둥지의 새끼를 지키려다 둥지를 떨어뜨린 종다리의 깃털이었지요. 엄마의 전화를 받기 전이었고, 나는 열두 살이 되도록 새언니가 한 번도 본 적 없는 내 아이와 꼬마 친구들을 기다리고 있었어요. 그날은 아이와 같은 반 친구 두 명을 모아 역사 수업을 시작하는 날이었어요. 5학년이 되어 처음 배우는 역사 수업을 아이들이 어려워해서 엄마들이 돌아가며 품앗이 수업을 하자고 했거든요. 아이들이 오기 전에 방을 청소하고 일주일 전에 주문해놓은 4인용 캠핑 탁자를 폈어요. 우리가 자랄 땐 밥상 하나면 다 됐는데 아이들 눈에 보이는 것들을 신경 쓰게 되더라고요. 분리된 다리를 끼워 높이를 맞추고 식탁 의자를 끌어다놓고 칠판 대신 쓸 투명 아크릴판을 방문에 고정하려는데 압정 대가리가 툭 하고 떨어졌어요. 압정을 새로 꺼내 엄지손가락으로 힘주어 누르느라 주머니에서 울리는 핸드폰을 받지 못했지요.

압정을 박아 넣고 확인해 보니 엄마에게서 온 전화였어요. 전화를 걸려는데 열어놓은 창밖에서 요란한 소리가 들렸어요. 다급하고 절박한 새들의 울음이었지요. 창밖으로 머리를 내밀었죠. 종다리 두 마리가 보였어요. 한 마리는 허공에서 날개를 퍼덕이며 소리를 지르고 또 한 마리는 무언가를 공격하듯 그네처럼 몸을 수평으로 움직이고 있었는데, 옥상 지붕 밑에 부딪히고는 다시 자리를 잡고 있었어요. 한 마리는 불이야, 라고 소리치고, 나머지 한 마리는 불을 끄기 위해 물을 뿌리는 다급한 모양새였습니다. 한 마리가 더 있었는데, 그것은 옥상 쪽에 붙어 싸우는 듯한 탁한 소리를 내뱉고 있었지요. 그러다 종다리가 온몸을 던지던 자리로부터 퍽 하고 무언가가 떨어졌어요. 나는 창틀에 엉덩이를 반쯤 걸치고 몸을 창문 밖으로 빼고 앉았어요. 검은 깃털의 새가 내 옆으로 도망치듯 날아가더군요. 까마귀였어요.

허공에는 새 둥지가 떨어지며 날리는 깃털들이 퍼졌지요. 전화벨이 울렸으나 또 한 번 놓치고 말았어요. 다급하고 시끄럽게 울어대던 새들의 울음소리도 일순간 뚝 멈추었습니다. 이상하죠? 그 잠깐, 둥지에 있던 깃털이 퍼져나가던 그 순간에 세상의 모든 소란을 잠재우듯 정적이 감돌았습니다. 두 마리의 종다리도 깃털처럼 조용히 '고압선 위험'이라는 팻말이 달린 전깃줄에 앉더군요. 뭔지 모를 고요함이 내 안에서 차올랐어요. 새언니가 생각날 때면 왜 그런지 그때의 고요함이 제일 먼저 떠올라요. 잠깐이어서 더 강렬했던 고요함은 주머니에서 울리는 전화벨에 금방 흩어졌습니다. 전깃줄에 앉아 있던 종다리 두 마리도 차례로 날아가더군요. '위험'이라는 글자가 내 앞에서 흔들렸습니다. 나는 잠시 뜸을 들이고 통화 버튼을 눌렀어요.

"다 끝났다."

평소와는 다른 단호한 목소리였어요.

"얼른 와라."

엄마는 그 말만 하고 전화를 끊었지요. 한 시 오십삼 분에 한 번, 두 시 십육 분에 또 한 번. 너무 가벼워 아래로 떨어지지 못한 아기 새의 깃털이, 아니 솜털이 내 옷에 달라붙던 두 시 이십일 분. 가셨구나, 내 속에서도 알 수 없는 대답이 터졌어요. "새언니, 아버지가 가셨어요." 그런 말들이 쏟아졌지요. 왜 그때 새언니가 제일 먼저 떠올랐는지 모르겠어요. 아버지가 떠날 때는 내가 압정을 박을 때였을까요. 아니면 종다리가 울어댈 때였을까요. 그것도 아니면 공중에 하얀 털이 날리며 둥지의 새끼가 아래로 떨어질 때였을까요. 엄마의 목소리는 지금껏 한 번도 들어본 적 없는 것이었어요. 어떤 단호함, 결단, 결기 같은 것들로 뭉쳐 있었거든요. 그것은 무언가가 끝난 것을 곁에서 지킨 사람만이 가질 수 있는 목소리였어요.

아버지가 떠나기 며칠 전에요, 엄마는 둥지를 지키려는 다급한 새처럼 새벽인데도 당장 올 수 있느냐고 했거든요. 그러다 오 분도 채 안 되어 아니라고, 얼마나 기운이 센지 지금은 안 와도 되겠다고 했다가 체념하듯 현실로 돌아오곤 했어요. 아버지가 병원에서 나와 집에 계시던 두 달 중에는 엄마와 나만 아는 어떤 하루도 끼어 있었답니다. 그 얘기를 해야 할 것 같은데 겹겹이 쌓인 것들을 더듬어 꺼내놓으면 그날이 보일까요.

"그래도 갈까?"

엄마가 전화할 때 내가 늘 하던 말이었지요. 그러면 엄마는 오지 말라고 했어요. 이제 치아가 다 빠진 기운 없는 아버지는 어떻게든 엄마가 감당하겠다고. 그러면서 죽 이야기를 했어요.

"하도 소리를 질러서 내가…… 내가…… 아니다. 아직은 괜찮은가 보다. 정신이 돌아왔다. 뭘 먹고 싶다는 것 같은데 뭘 먹겠다는 건지 모르겠어. 우선 죽이라도 더 쒀 보고. 전화 끊는다."

핸드폰 저쪽에서는 "주욱, 죽" 하는 목소리가 들렸지요. 내가 들은 아버지의 마지막 목소리였어요. 엄마는 그것이 죽을 달라는 소리라고 했지만, 내게는 '주욱' 다음에 다른 말이 이어질 것 같았어요. 솔직히 말하면 이제 그만 살고 싶다는, 죽여 달라는 말이 아니었을까 싶었지요. 장례 휴가를 내고 회사에서 온 남편은 운전하며 울어도 된다는 듯 한 손으로 내 등을 토닥였지만 나는 그 말만 떠오르더군요. 주욱, 죽! 그건 무슨 말이었을까. 주욱 가서 모퉁이를 돌면, 그런 말이었을까. 아니면 죽여 달라는 말이었을까. 그것도 아니면 진짜 죽을 달라는 말이었나. 그러다 남편에게 종다리 둥지가 떨어진 일을 말했어요. 남편은 아버지가 인사하러 들르신 거라고 하더군요. 아니잖아요. 새언니도 아는 우리 아버지는, 이렇게 쉽게 떠나고 인사를 하러 들르실 분이 아니잖아요. 나는 울 수가 없었습니다. 울음이 나오지 않았어요.

장례식장에 도착하니 지하 입구 의자에 앉아 있는 엄마가 보였어요. 엄마는 멍한 표정으로 사진이 없다고 말하더군요. 사진이 없어서 조문객을 받을 수가 없다고. 그러면서 내 손바닥에 열쇠를 떨어뜨렸습니다. 집에 가서 사진을 찾아오라는 거였지요. 얼마나 쥐고 있었는지 열쇠에 묻은 엄마의 땀이 손바닥에 남았지요. 남편은 같이 가겠다고 했지만 그 집을 보여주기 싫었어요. 아버지가 붙잡고 있었던 집, 언니가 한 해 살고 떠나간 집, 새언니와 오빠가 쫓겨난 집, 그리고 내가 버리고 싶었던 집. 나는 그 집에 혼자 들어가야 한다는 걸, 아버지가 그 집을 떠났다는 것을 보아야만 했어요. 그 집으로 가려는데 엄마가 남편과 아이를 피하면서 나를 화장실 앞으로 끌고 가더군요.

"경찰이 사망 확인서를 끊어줬어. 다 끝났다. 이제 다 끝났어."

엄마의 동공이 흔들렸습니다. 내가 아무 말이 없자 "내가 안 그랬어. 정말이야. 내가 안 그랬다"라며 허둥대다 "사실은 내가……" 하며 뭔가를 더 말하려고 했어요. 엄마는 당신이 무슨 말을 하려는지 모르는 사람처럼 바싹 마른 검은 입술을 적시며 "내가 너한테 전화했던 새벽에 내가……" 하며 뜸을 들였어요.

그러다 화장실로 들어가 문을 걸어 잠그고 한참 있다가 "때렸다"라고 하더군요.

"네 아빠가 오빠도 못 보게 했잖아. 보고 싶은데 못 보게 했어. ……내가 진짜 힘을 줘서 때렸거든. 이제 나 좀 봐 달라고 죽을힘으로 때렸다. 그랬더니 네 아빠가…… 죽을, 죽을 달라고 하더라."

나는 화장실 문을 두드렸어요. 엄마는 문을 열고 그제야 나와 눈을 맞추더군요.

"더 살아서 날 괴롭히고 싶었는지 죽을 달라고 했어. 주욱, 죽, 그러더라. 그래도 죽지 않고 죽을 달라고 하니까, 그걸 쑤고 있더라, 내가."

나는 엄마를 껴안고 "고생했어, 엄마. 고생했어요. 내가 다 알아. 그동안 고생했어요"라고 했지요. 엄마는 이렇게 무서운 짓을 아버지는 어떻게 그리 쉽게 했는지 모르겠다며 계속 나를 밀어내더군요. 나는 떨고 있는 엄마를 안았지요. 두 달 전에 병원에서 나가겠다고 난리를 친 아버지를 집에 모셔다놓은 사람은 나였어요. 그러면서도 어떻게든 피하고 싶어 엄마한테만 간병을 맡긴 것도 나였지요. 새언니도 알다시피 오빠는 병원도 집에도 오지 않았고 언니는 이따금 들르는 것 같았지만, 온전히 간병에 매달린 건 엄마뿐이었어요. 그 시간을 견디기 위해 엄마가 얼마나 전전긍긍했는지 나는, 나만은 알아줘야 했어요.

*

스물여섯, 내가 결혼을 한 나이니까 그 집을 떠난 게 스무 해가 지났더군요. 언제나 문을 열어주던 것은 엄마였는데, 이번에는 열쇠를 넣고 문을 열었습니다. 주방 겸 거실을 거쳐 베란다 바깥의 풍경이 막힘없이 한눈에 들어오는 집, 아버지가 누워 있던 거실이 보이더군요.

"경치가 아주 좋아. 베란다에 있으면 저쪽 산꼭대기 불 번지는 것까지 다 보인다니까."

중도금을 치르고 집 구경을 하고 온 아버지가 했던 말이에요. 그때 베란다에서 보이는 산자락이 불타는 때였다고 했어요. 바람의 방향이 남북으로 불었는지 아버지는 그 집의 첫인상을 불구경 이야기로 채웠지요. 거실을 피해 화장실 문을 열었습니다.

"1년 내내 따뜻한 물이 나오는 집이야. 욕조도 있다."

욕조에는 아버지의 옷가지가 담겨 있었어요.

"네 방도 있다."

작은방 문도 열었지요. 언니와 내가 있던 방, 새언니가 신혼살림을 하던 그 방은요, 처음으로 생긴 내 방이었어요. 그 방이 얼마나 좋았는지 언니가 빨리 결혼하기를 빌었지요. 혼자 쓰고 싶었거든요. 집 밖에서 주워온 침대 받침대에 매트리스만 새로 사서 침대가 생겼었지요. 안양천을 건너 시장에서 사온 조각 침대보와 베개. 이불은 살 돈이 모자랐던가 봐요. 침대에 누우면 복도로 지나다니는 사람들의 이야기가 들렸지요. 그들의 이야기를 연극처럼 만들어준 엄마가 만든 보라색 벨벳 커튼. 커튼을 치면 방은 보라의 물결이 넘실댔어요. 다른 세계에 온 듯 황홀했지요. 내 방이야. 여긴 내 방이야. 어린애처럼 침대에서 발을 구르며 뛰기도 했습니다.

그 방도 잠깐, 오빠는 결혼하면 분가하지 않고 내 방을 신혼방으로 쓴다고 했지요. 새언니도 그렇게 하겠다 했다고요. 나는 이 집에 오기 전 방 하나에 모여 살던 때처럼 부모님과 함께 안방에 끼어서 자야 했어요. 엄마는 잠깐이라고 생각했대요. 몇 년만 지나면 나도 결혼해 나갈 테니, 그동안 새언니와 살고 싶었다더군요. 무엇보다 엄마는 아버지의 약속을 믿고 싶었나 봐요. 새언니와 같이 살면 다시는 술 따위는 입에도 대지 않겠다는, 그럴 이유가 없다는 말에 속고 싶었다고. 새언니가 엄마의 삶을 바꿔줄 구원자 같았다고요.

이제 그 이야기를 해야 할 것 같네요. 우리의 거짓말이 어디서 시작되었는지를. 새언니는 받아들이기 싫겠지만 아버지는 술을 안 드셨을 땐 순하고 온화한 착한 사람이었어요. 그때는 생애 처음으로 집을 장만했으니 아버지의 술버릇도 자연 수그러들었지요. 수그러든 정도가 아니라 아버지는 근처 아파트를 돌며 고물을 줍다가 덜컥 경비실에 취직한 상태였어요. 아버지로부터 월급봉투라는 걸 받아 본 엄마는 행복이 이런 건가 싶을 정도로 환해졌지요.

그러던 아버지가 어느 날 엄마 손을 잡고 아파트 상가에 있는 화장품가게에 들렀다고 해요. 그날은 엄마가 아버지로부터 처음으로 화장품을 선물 받은 날이었고, 그들의 모습이 보기 좋았던 가게주인이 자기 동생을 시집보내고 싶다고 마음먹은 날이 되었어요. 새언니를 오빠에게 소개해준 그 큰언니요. 아버지는 그날 처음 본 사람 앞에서 아들 자랑을 하다가 거짓말을 만들었어요. 당신이 아무것도 한 것 없는데 혼자 공부해서 대학을 나왔고, 직업도 아는 사람은 다 알 만한 섬유회사 과장으로 둔갑했지요. 당신이 아무것도 한 것이 없다는 것은 맞는 말이었어요. 19년도 넘게 포장마차를 하며 돈을 모은 것은 엄마였고, 그 19년 동안 남들 다 다니는 고등학교도 못 가고 아버지를 대신해 생활비를 번 것은 오빠였으니까요. 아버지가 세상을 다 얻은 듯 자랑하던 집은 그렇게 해서 얻어진 것이었어요. 누가 알았을까요. 다시 얼굴 볼 일 없는 사람 앞에서 폼이라도 잡고 싶었던 아버지의 허풍이 제 속살 파먹으며 걷잡을 수 없이 자라리라는 것을.

오빠는 만난 지 석 달 만에 남해 끝자락에 있던 새언니와 결혼했지요. 그래요. 사기 결혼이었어요. 중3 이후로 학교라곤 가본 적 없는 오빠는 밤새 돌아가는 편물기 소리에 한쪽 귀를 닫아놓았다는 걸 그제야 알았어요. 이건 사기라고, 지금이라도 말하라고, 결혼식 즈음에 오빠를 붙잡고 볼멘소리를 해도 오빠는 듣지 못했지요. 허기를 오기로 채우면 순한 사랑도 폭력이 된다는 걸 오빠는 모른 체했어요. 내게 그 방이 애틋했듯 처음으로 가지고 싶은 것에 집착을 보인 오빠는 그것을 놓는 방법을, 아니 가지는 방법을 몰랐던 거예요. 아무리 가리고 싶어도 가릴 수 없는 것이 생활이라는 걸 가족 밖으로 나가 본 일 없는 우리는 몰랐습니다. 우리는 아버지의 허풍에, 일상적인 술주정에 익숙하여 우리도 그렇게 닮아버렸다는 것을 몰랐어요.

그걸 깨뜨린 것은 시집온 지 다섯 달도 채 안 된 새언니였지요. 고작 다섯 달 만에 새언니는 가족이라는 이름으로 아슬아슬하게 묶여 있던 너덜거리는 끈을 과감히 끊어버렸지요. 처음에는 오빠의 학벌이 터졌지요. 설마 직장까지 속였을 리는 없다는 듯 아니지? 아니지? 묻던 새언니의 표정을 잊을 수가 없어요. 학벌에 이어 직장이, 직장에서의 직책까지, 설마 했던 것들이 무더기로 터졌을 때, 새언니는 말을 잃은 사람처럼 헛웃음을 흘렸지요.

새언니가 아무 말도 못하고 가슴을 치던 그 시간을 나는 기억하고 있어요. 술 취한 아버지를 피해 새언니와 밖으로 나와 밤의 놀이터에서 했던 말들도요. 새언니는 도대체 어떻게 살아야 할까 막막하다고 했지요. 오빠에 대한 믿음에 금이 가니까 아무것도 믿을 수가 없다고요. 결국에는 이런 선택을 한 자신이 바보 같아 하루에 열두 번도 더 미친년이라는 말이 솟는다고 했지요. 나는 아니라고, 결혼 전에 말하지 못한 것이 잘못이라고, 새언니에게 우리는 죄인이라고, 차마 용서해 달라는 말은 꺼낼 수도 없었어요. 새언니는 아버지의 눈빛이 무섭다고 했었지요. 술만 먹으면 바뀌는 그 눈빛에서 살기가 느껴진다고, 이렇게 살 수는 없다고 했어요. 오빠와 헤어질 때 헤어지더라도 우선 분가해서 나가겠다고 했어요. 그러면서 도대체 어떻게 지금까지 이런 집에서 살아왔느냐고 도리어 내 손을 잡았지요. 시간이 지나도 내가 새언니를 미워할 수 없었던 것은 그날 새언니가 잡아준 그 손 때문인지도 몰라요. 그동안 내가 힘들다고 말하지 못했던 것들을 알아주는 손길이었거든요.

이제 잠들었겠지 싶어 발소리를 죽이고 집으로 들어가니 만취한 아버지가 새언니를 공격하기 시작했죠. 새언니를 가리키며 저년이 이 집을 탐내고 들어온 게 틀림없다며 뱀 같은 독기를 뿜어냈어요. 참고 있던 오빠가 아버지한테 달려들었지요. 그날 오빠는 기어이 당신이 한 게 뭐 있냐며 아버지 목에 칼을 들이댔습니다. 열여섯 살 때부터 아버지의 짐을 지고 있던 오빠도 그날로 그 짐을 내려놓은 거였어요. 부르르 떠는 오빠에게 달려들어 칼을 빼앗은 것은 새언니였지요. 택시 운전기사로 사고를 내고, 감방에 있다가 또 한참을 병원에 머물렀던, 거덜난 살림을 책임질 수 없어 밤도둑처럼 여관방을 전전하던 아버지의 정처 없음도 그저 끝이 났으면 좋았을 것을, 아버지는 살았지요. 나는 보고만 있었습니다.

새언니가 분가해 나간 후부터 아버지는 가족들을 심각하게 괴롭히기 시작했어요. 어떻게 찾았는지 이사한 새언니네 집을 찾아가 불을 지르겠다고 협박하기도 했고, 내 아들 내놓으라고 밤새 소리를 지르기도 했어요. 어느 날은 경찰서를 난장판으로 만든 아버지를 모셔와야 했고, 또 어느 날은 유서를 써놓고 사라진 적도 있었어요. 아버지의 유서는 비장한 협박성 경고장이었지요. 너희들이 잘사는지 보자는 경고로 시작해 세상에 불을 지르겠다는 협박까지. 아버지의 행동은 누구를 향한 것인지 알 수 없는 피해망상 환자의 그것이었습니다. 무엇보다 우리를 괴롭힌 것은 그 모든 일들이 술을 먹고 저질러진다는 점이었지요. 협박이 통하지 않을 때면 아버지의 차가 사라지곤 했어요. 유서를 써놓고 술을 먹고 차를 운전해서 나갔다면 무슨 일이 벌어질지 알 수 없었어요. 그런 불안한 상황은 매번 반복되었지요.

아버지가 사라질 때마다 나는 경찰서에 차를 신고해야 했지요. 엄마는 며칠이고 들어오지 않는 아버지를 기다리는 일은 진즉에 포기했지만 언제나 제일 먼저 오빠에게 전화해서 피하라고, 조심하라고 당부하는 일만은 잊지 않았어요. 결혼해서 멀리 떨어져 있는 언니만은 이 모든 일들로부터 자유로웠지요. 아버지의 사고 뒤처리는 늘 엄마와 나의 일이었어요. 엄마가 나를 붙잡고 이제 다 끝났다, 내가 안 그랬다, 사실은 내가 때렸다던 말들은 그때 내가 했던 아버지가 없었으면 좋겠다던 말의 대답이었을지도 몰라요.

사진을 찾기 위해 아버지가 누워 있던 거실로 발을 옮겼습니다. 이불이 한쪽으로 널브러져 있었습니다. 지린 냄새가 진동했지요. 나는 베란다 문을 활짝 열었습니다. 건조대에는 아버지의 속옷이 걸려 있더군요. 여름용 홑이불에 마르다 만 속옷을 꽁

꽁 싸맸습니다. 끝났구나. 다리에 힘이 빠져 자리에 주저앉게 되더군요. 거실 바닥에 동전 몇 개와 둥그런 손톱이 떨어져 있었어요. 단번에 그것이 아버지의 손톱이라는 걸 알 수 있었지요.

아버지가 병원에 계실 때 길게 자란 손톱을 자른 적이 있었어요. 엄마는 낮에 아파트 청소 일을 하고 밤에는 간병을 하느라 아버지의 손톱은 보이지 않았을 거예요. 지하 마트로 가서 손톱깎기를 샀지요. 아버지의 손톱은 오래 방치되어 길게 구부러져 있었어요. 억지로 침대머리를 올려 아버지를 앉히고 이불 위에 크리넥스 티슈를 한 장 깔았습니다. 아버지는 아무 말 없이 내가 하는 대로 내버려두었지요. 손톱을 깎기 위해 아버지의 손을 잡았습니다. 내 왼손이 아버지의 오른손을 잡고 엄지 끝에 손톱깎기를 끼웠지요. 엄지에 힘을 줄 때 떨리던 그 파동을 기억해요. 그것은 내게로 와서 내 손도 떨게 만들었거든요. 새언니가 내 손을 잡아주던 때처럼 무언가가 흘렀지요. 발톱처럼 두꺼운 엄지손톱은 한 손으로 힘을 줘도 잘리지 않았어요. 왼손을 내 손에 얹고 두 배로 힘을 주었지요. 아버지는 온몸에 힘을 주며 손가락을 펴더군요. 다섯 손가락 마디 끝이 안간힘으로 버티듯 떨렸습니다. 손톱이 튀어 나갔죠. 아버지가 병상에서 해줄 수 있는 일이 손가락에 힘을 주고 펴주는 일이었다는 게 내 손에 남아 있었나 봐요. 몸의 뻣뻣한 것은 그것밖에 없는 것처럼 손톱은 자를 때마다 튕겨 나갔고, 나는 무슨 의식을 치르듯 그것들을 티슈에 담았습니다.

며칠 동안 집에 가겠다고 병실에서 난동을 부리던 아버지는 그날만큼은 마지막 부탁을 하듯 기운이 다 빠진 목소리로 집에 가야 한다고 했어요. 그 집에서 시작된 일은 그 집에서 끝내야 한다는 듯 애원했지요. 엄마와 상의하고 진통제를 처방받아 그 집으로 아버지를 옮겼지요. 우리가 차례로 그 집을 떠났듯이 아버지는 그 집으로 돌아와 영영 떠나신 거였어요.

집으로 돌아온 후 아버지의 손톱은 두 달이라는 시간의 나이테가 되어 이렇게 자란 거였네요. 나는 방바닥에서 손톱을 주워 주머니에 넣었습니다. 거실에는 사진이 없어서 안방으로 가서 장롱을 뒤졌지요.

"할아버지는 멋쟁이셨지. 일본으로 건너가 결혼을 했는데, 이분이 네 할머니다."

누렇게 변한 오래된 사진들, 머릿기름을 발라서 넘긴 잘생긴 사내와 일본 옷을 입은 여자 사이에서 웃고 있는 사내아이. 그런데 사진첩을 아무리 뒤져도 그 사내아이가 자란 모습은 없더군요. 아버지의 사진 대신 야유회에서 손뼉을 치는 엄마가, 그네를 타는 언니가, 이름표를 달고 줄을 서고 있는 입학식 날의 내가, 골목에서 놀고 있는 오빠가, 그리고 이 집에 인사하러 왔던 그날의 단아한 새언니 사진만 나왔어요. 가족, 가족이라는 게 뭘까요. 아버지의 가족은 아버지가 빠진 채로 장례식장에서나 모일 수 있게 되다니요. 그 긴 시간 아버지는 우리에게 도대체 무엇이었을까요.

사진첩을 넣으려다 보니 서랍 바닥에 가위질로 조각난 사진들 사이로 온전한 하나가 보였어요. 베란다에서 담배를 피우는 아버지의 사진이었지요. 아버지는 당신의 모습을 다 지우고 왜 그 사진 한 장만 남겨놓았을까요. 사진 속의 아버지는 아파트 경비원 이름표를 달고 환하게 웃고 있었어요. 새언니가 결혼하고 얼마 안 된 때의 사진이라는 걸 알 수 있었지요. 영정사진으로 쓰인 그 사진이 새언니가 찍은 거라는 걸 알게 된 건 입관이 끝난 후였어요.

아버지의 사진과 주민등록증을 챙기고 장례식장에 도착하니 조금 있다 오빠가 왔어요. 엄마는 오빠가 옆에 있다는 것이 안심되는 듯 그때야 기절하듯 쓰러졌어요. 쓰러지는 것도 무리는 아니었어요. 살이란 살은 모두 녹아내린 듯 거죽만 남아 있었거든요. 엄마가 깨어나고 언니가 왔습니다. 얼마 지나지 않아 분가한 후 한 번도 보지 못한 새언니가 왔지요. 오빠는 새언니에게 여길 왜 왔느냐며 다투었지요. 두 사람이 같은 집에 살면서도 별거 중이라는 걸, 그게 꽤 오래되었다는 걸 그때야 알았습니다. 새언니의 삶이 어디서부터 꼬이고 엉킨 것인지 알 수 없었지요. 끊어내지 못해 너덜거리는 그 끈도 누군가 건드리면 끊어질 듯 아슬해 보였습니다.

그래도 이제 다 끝났다고 생각했어요. 지난 상처들은 아버지가 다 가져갔으면 하고 바랐던 것일지도 모르지요. 장례 내내 새언니는 부의금과 조문객들을 챙겼습니다. 지방에서 온 손님들은 부의금에서 돈을 꺼내 차비를 찔러주었고, 입구까지 나가 배웅하는 일도 피하지 않았지요. 우리는 대화라는 걸 하지는 않았지만 각자 해야 할 것들을 하고 있었지요. 그러다 입관식을 하고 나오는 길에 새언니가 내게 말했지요.

"이 집 가족들은 그동안 뭘 하고 영정사진도 하나 없이 내가 찍은 걸 쓸 수가 있죠?"

나는 아무 말도 할 수 없었습니다. 아, 끝난 게 아니구나. 아버지가 당신 사진을 전부 오려버렸다는 걸, 그 시간을 새언니는 이해할 수 없겠구나. 이제부터 새언니의 곪은 상처가 터지겠구나. 세월이란 게 쉽게 상처를 덮어주는 게 아니었구나. 새언니는 그때부터 엄마를 향해 그동안 하지 못했던 원망을 풀어내기 시작했지요.

"난 아버님보다 어머니가 더 싫어요. 어떻게 그러실 수가 있어요. 우리가 전세자금 하나 없이 도둑놈처럼 쫓겨날 때, 왜 아버님을 말리지 못하셨어요. 그러면서도 매번 전화해서 집에 한 번 오라는 말은 거르질 않으셨잖아요. 보고 싶다고요? 어떻게 그래요. 난 아버님보다 어머니 때문에 이 사람이랑 헤어지려고 한 게 한두 번이 아니에요. 난 아버님보다 어머니가 더 미워요. 같은 여자인데, 나보고 어떻게 살라고, 사기 결혼인지 뻔히 알면서 그걸 말리지도 못하셨잖아요. 나는 어머니가 지금도 용서가 안 돼요."

새언니는 몸을 부들부들 떨며 말했지요. 도대체 아버님은 어떻게 사셨기에 마지막 인사하러 찾아오는 친구도 한 분 없느냐고 비아냥거리기도 했습니다. 엄마에게 퍼붓는 말이었지만 사실은 우리에게 하는 말이라는 걸 알고 있었습니다. 엄마는 그 말에 대꾸 한번 못하고 새언니를 슬슬 피하기만 했지요. 장례식장에 딸린 방에서 울다가 새언니와 눈이 마주치면 눈치를 보듯 눈물을 뚝 그쳤어요. 우리는 그런 엄마를 안아주어야 했습니다. 새언니를 이해하고 싶지가 않았어요. 우리가 살기 위해 아버지를 몇 번이나 알코올 치료 병동에 입원시켰고, 그러고도 기운이 다 빠질 때까지 기다렸는데, 그것만으로도 안 돼 엄마는 아버지 가시는 길에 제발 좀 놔 달라고 몸부림을 쳤는데, 입관식에서 본 아버지 얼굴의 멍 자국을 지울 수도 없는데, 내 마음도 요동을 쳤어요.

장례를 치르고 아버지의 유품을 정리하려고 작은방에 모였지요. 엄마는 아버지가 남긴 통장을 꺼냈어요. 모두 세 개였어요. 하나는 장례비로 쓰라고 쓰여 있었습니다. 또 하나는 엄마의 생활비라고 적혀 있었고, 나머지 하나에는 아버지의 수첩에서 지워진 친구들의 이름처럼 '미안하다'는 글자가 적혀 있었지요. 우리는 그것이 새언니의 것이라는 걸 알 수 있었어요. 엄마는 이 집을 팔고 언니네 집 근처로 이사하겠다고 했습니다. 하루도 더 있기 싫다고요. 그러면서 "그날 내가 화장품가게에 들르지만 않았어도……" 하는 푸념을 늘어놓았습니다.

"거기만 들르지 않았어도 너를 이렇게 고생시킬 일은 없었을 텐데, 미안하다, 아가. 어떻게 해야 할지 몰랐어. 정말이지 어떻게 해야 할지를 몰랐다. 미안하다, 아가. 용서해라. 용서해줘."

새언니는 관두라고, 지금 와서 다 무슨 소용이냐고, 화장품 때문에 사기 결혼을 말리지 못하는 게 말이 되느냐고, 내가 어떻게 살아왔는지 아느냐고, 애들만 아니면, 아니 애 아빠가 이 집에 돈을 보탰으니 그거나 챙겨 달라고 소리쳤지요. 새언니의 고함은 우리가 피하고 싶었던 술 취한 아버지의 모습 같았어요. 그 밤, 놀이터에서 내 손을 잡아주던 새언니는 어디에도 없었습니다. 같은 여자로 새언니와 같은 상황은 끔찍했고, 아버지가 했던 일들을 생각하면 더 끔찍했지만, 그렇다고 엄마에게 쏟아지는 원망은 참을 수가 없었어요. 우리는 이제 각자의 가정을 꾸리고 있으니까요. 형부도 남편도 새언니가 왜 이렇게 막 행동하는지 이해할 수 없다는 듯 소리를 높였지요. 또다시 시작된 싸움을 피하고 싶었어요. 이제 그만 멈추고 싶었습니다. 아버지가 당신의 거짓말로 인해 피해망상 환자로 가족들을 괴롭혔듯 새언니도 그날 이후 변해버렸다는 걸 받아들이기가 싫었어요. 여태 안 보고 살았으니 앞으로도 그러고 싶었어요.

새언니가 이제 다시는 연락하지 말라고 일어서던 그때, 나는 보았어요. 새언니에게 주려고 했던 '미안하다'는 통장을 엄마는 품에 집어넣더군요. 끝난 것이 아니라는 걸, 엄마도 나도 알 수 있었습니다. 엄마는 또 앞으로의 시간을 어떻게 견뎌야 할지 알 수 없는 사람처럼 막막한 얼굴로 새언니를 쳐다보았지요. 어떻게 해야 오빠를 보면서 살 수 있을까, 그런 고민을 하는 것 같았어요. 새언니가 가고 엄마는 자리에 앉아 울기만 했습니다. 장례식장에서 새언니의 눈치를 보며 다 울지 못한 울음이었지요. 다 끝난 줄 알았는데, 이제 오빠를 보면서 살 수 있을 줄 알았는데 이게 뭐냐고, 아이처럼 발을 구르며 울었지요.

엄마는 우선 언니네 집에 머물기로 하고 이사가 정해지고 짐을 빼기로 했어요. 나중에 고물상을 불러 짐을 빼는데 못쓸 물건들이 많아 돈을 더 얹어주어야 했어요. 나는 영정사진에서 아버지가 차고 있었던 아파트 경비원 이름표와 친구들의 이름이 지워진 수첩을 담았지요. 엄마는 금장 테두리에 꽃무늬가 그려진 커피잔 세트를 신문지로 하나씩 쌌어요. 이 빠진 찻잔을 뭐하러 가져가느냐고 했더니 보리차를 따라 마시려고 한다더군요.

*

다시 연락하지 말라던 그날 이후 새언니는 우리의 삶에서 사라졌습니다. 오빠를 통해 알고 있겠지만 엄마는 두 해 전에 뇌졸중으로 쓰러졌어요. 엄마가 처음 어지럽다고 했을 때 눈치를 챘어야 했는데, 나는 밥을 안 챙겨 먹어서 그렇다고 구박을 했지요. 병원에 갔을 때는 간단한 시술로 혈장을 용해할 수 있는 시간이 지난 때였어요. 두 번째 쇼크가 왔을 때는 오른쪽이 마비되었지요. 의사는 오른쪽과 왼쪽의 핏줄이 둘 다 울면 목구멍이 막힌다고 하더군요. 엄마는 음식물을 삼킬 때마다 목넘김이 한 박자씩 늦어 늘 사레가 걸려요. 할 말을 해야 할 때 참고 삭이던 습관이 병이 된 것 같아요. 병원에서 퇴원할 때는 기저귀를 찬 채 요양병원으로 가야 했어요. 지금은 요양병원에서 두 해를 지내다 보니 치매 증상까지 겹쳐서 가끔 이상한 말들을 풀어놓곤 해요. 얼마 전 엄마를 보러 갔을 때 엄마는 움직일 수도 없으면서 이사한 집에 다녀와야겠다고 하더군요. 그러면서 "이상화야, 어디 있니?" 하고 부르는 거예요. 이상화가 누구냐고 물었죠.

"우리 옆집에 살던 상화. 은희가 너랑 같은 반이었잖아."

언니에게 전화를 걸어 이상화가 누군지 아느냐고 물었더니 은희 엄마라고 했어요. 은희는 내 친구가 아니라 언니 친구였던 거예요. 언니는 엄마가 은희 엄마를 찾느냐고 물었어요. 이상화야 어디 있니, 그 말만 반복한다고 했죠. 웬만해선 울지 않던 언니는 목소리가 울렁였어요. 그러면서 묻더군요.

"너 모르지?"

"뭘?"

"엄마가 이사하면서 왜 커피잔 세트를 챙겼는지."

나는 그 커피잔 세트가 엄마가 동네에 집집마다 돌아다니며 그릇 파는 아줌마한테 산 거라고 알고 있었어요. 엄마가 정말 아끼던 거였지요. 이사 다닐 때마다 그걸 들고 다닌 거 보면 참 용하다는 생각뿐이었어요. 그런데 언니가 말하더군요.

"그게 사실은 상화 아줌마 거였어."

"커피잔 세트가 상화 아줌마 거였다고? 그게 왜 우리 집에 있었어?"

"상화 아줌마가 산 거야. 근데 그 집에 두면 남편한테 걸리잖니. 그래서 우리 집에 두고 아줌마가 우리 집에 올 때마다 엄마랑 아줌마가 그걸 꺼내서 보리차를 따라 마시더라고."

"커피잔에 보리차를?"

"그때는 보리도 집에서 커피콩처럼 다 볶았잖아. 보리차를 끓여 찻잔에 따르며 둘이 도란도란. 고소한 보리차 냄새가 방 안에 가득했었어. ……엄마도 친구가 있었는데, 그때 그 친구가 제일 보고 싶은가 보다. 아빠는 장례식에 부를 수 있는 친구가 하나도 없었잖아. 엄마도 그렇게 될까 봐 나는 그게 무섭다."

언니는 하루하루 몸이 쇠약해지는 엄마의 장례를 미리 걱정하고 있었어요.

"그때 엄마가 끝까지 그 커피잔 세트가 상화 아줌마 거라고 안 하더라고. 그냥 말해버리지. 그렇게 맞으면서도 입을 꾹 다물었었어. ……지금 생각해 보면 엄마도 그걸 무척 가지고 싶었던 것 같아."

진짜 오래전 일인데 이렇게 다 기억이 난다고 언니는 씁쓸하게 말하더군요. 전화를 끊고 요양병원 옥상으로 휠체어를 밀고 올라갔어요. 햇살이 정수리에 내려앉자 엄마는 갑자기 소리를 지르더군요.

"엄마, 왜 그래. 응?"

엄마는 햇살이 내려앉은 머리 이곳저곳을 손으로 꾹꾹 눌렀습니다. 그러면서 내가 결혼한 후 있었던 일들을 하나씩 꺼내기 시작했어요.

"여기, 여기는 네 아빠가 딸기 다라이로 때린 데야. 하루는 딸기가 하도 먹고 싶어서 다라이로 파는 것 있잖아, 그걸 사가지고 왔다고. 그게 윗줄은 싱싱한데 아래 건 상한 거랑 알이 작은 거랑 섞여 있더라고. 내가 그걸 어떻게 아냐. 그런데도 네 아빠가 장사하는 년이 물건 고를 줄도 모른다면서, 그러니까 오빠도 그 모양이라면서, 그게 뭐라고 딸기 다라이로 여기 여기를 탁탁 내리치는데……."

나는 엄마가 말한 자리를 손으로 쓰다듬었지요.

"그런 일이 있었구나. 지금도 거기가 아파?"

"그럼 아프지. 여기, 여기는 네 아빠가 술 먹고 발로 누른 데다. 네 오빠한테 전화했다고 죽으라고 여기를 밟았어. 지금도 숨이 안 쉬어져. 내가 네 아빠 앞에서 두 손을 이렇게 하면서 빌었어. 살려 달라고."

엄마는 모은 손을 가슴에 대며 기침을 해댔습니다.

그러다 그때 당시로 돌아간 듯 살려주세요, 하는 눈빛으로 나를 쳐다보았지요. 옥상에서 내려와서도 엄마는 아버지가 한 일들을 하나도 잊지 않았다는 듯 내게 일렀어요. 얼마나 오래 꾹꾹 눌러왔는지 시간이 뒤섞인 일들이 아무렇게나 튀어나왔지요. 나는 엄마의 왼쪽 가슴을 손으로 쓸다 엄마의 손을 잡았습니다. 새언니가 잡아주었던 그 손의 느낌이 되살아나더군요. 아버지가 손가락을 펴며 파르르 떨던 그 파동도 느껴졌어요. 엄마도 이상한 것을 느낀 건지 조금 전과는 다른 표정으로 갑자기 나를 반갑게 쳐다보더군요.

"이제야 왔네요."

나는 아무 말도 하지 못했습니다.

"이제 오면 어떡해. 내가 얼마나 기다렸는데."

내 손등을 쓰다듬는 엄마의 손은 몇 십 년을 훌쩍 넘어 엄마만 아는 어느 시절에 멈추었지요.

"찻잔 이제 가져가요. 내가 오래 썼어. 잘 썼어요. 우리 새아기가 오면 보리차 한 잔 주세요."

엄마는 그 말만 하고 피곤한지 침대에 누우며 이불을 끌어올렸지요. 잠깐 내가 상화 아줌마로 보였던 모양이에요. 엄마가 돌아간 시간 속에서 새언니는 새아기가 되었네요. 우리가 밀어냈던 새언니의 자리를 엄마는 그렇게라도 기억하고 싶었나 봐요. 어쩌면 그때로 돌아가 새로 시작하고 싶은 걸지도 모르겠어요. 그럴 수 없다는 걸 알아버린 시간을 우리는 여기까지 끌고 왔네요.

엄마가 '우리 새아기가 오면'이라고 할 때, 까마귀가 내 옆을 스치고 지나던 그날이 떠올랐어요. 둥지를 지키고 싶었으나 되레 둥지를 떨어뜨린 아버지도 떠올랐지요. 그날 둥지에 있던 것은 갓 신혼살림을 차린 새언니와 오빠가 아니었을까. 떨어진 둥지에서 다시 시작하느라 고단했을 새언니의 삶이 유월의 하늘에 퍼지던 깃털처럼 내 안에서 퍼지더군요. 그제야 장례식장에서 퍼부었던 새언니의 말들이 자리를 잡듯 내려앉았어요. 그것은 새언니도 어쩌지 못한 고함이었고 비명이었는데, 지나간 것이 아니라는 몸부림이었다는 것을 너무 늦게 알았네요.

우리 새아기가 오면 보리차 한 잔 주세요.

언제인지 모를 시절로 돌아간 그 말이 이 긴 편지를 쓰게 만들었습니다. 기운이 다 빠진 아버지에게서 하루라도 빨리 벗어나고 싶었던 엄마의 기억은 왜 이리 고요한지요. 엄마는 스스로 벗어나려고 병든 아버지를 때렸던 그 잠깐의 폭력이 무서워 기억을 지우고 있는 게 아닐까요. 엄마와 나만 아는 비밀의 날이 어느 날을 넘어 또 다른 하루를 만들면, 그것들이 쌓이면, 햇살 내려앉는 어느 날에 문득 떠오르겠지요.

새언니, 지금 나는 보리차를 끓여요. 우리의 거짓말이 만든 시간들을 어떻게 채워야 할지 모르지만, 새언니가 살아온 세월은 알 수 없지만, 그래서 더욱 아득한 이 고소한 냄새가 그리워서요, 보리차를 끓입니다.

도마

지금은 돌아가신 막내 고모는 어느 날 처음이자 마지막 소포를 부쳤다. 아빠는 아침 일찍 전화를 받고 터미널로 물건을 받으러 간다고 했다. 낡은 오토바이를 끌고. 아빠의 오토바이 뒤에는 노란 통이 묶여 있었다. 새벽시장에서 장 본 물건들을 싣는 바구니였다.

"소포가 뭐야?"

나는 예쁜 포장지에 묶인 선물을 떠올리며 물었다. 아빠는 소포가 뭔지 알려주는 대신 노란 바구니에 나를 실었다. 꽉 잡으라고 했다. 봄날이었나, 치마 속으로 바람이 들어와 맨다리를 문질러대던 기억이 난다.

"여기서 기다려."

아빠는 시장에 갈 때와 똑같이 오토바이를 지키기 위해 나를 데려온 것 같았다.

"싫어, 나도 같이 갈래."

몇 발짝 따라갔지만 어느새 아빠는 사라지고, 나는 낯설지 않은 게 오토바이밖에 없어 그 자리로 돌아와야 했다. 땅바닥에 그림을 그리다 터미널 쪽으로 몇 걸음 가다 다시 돌아왔다. 돌아와서는 흙바닥 그림에 침을 뱉고 아까보다 한 걸음쯤 더 갔다가 후다닥 다시 왔다. 고물 오토바이를 누가 가져간다고 이런 걸 지키라는 걸까 신경질이 났지만 더 멀리 갈 수가 없었다.

얼마나 기다렸을까. 개미를 한 마리씩 잡아 내가 뱉은 침에 빠뜨렸다. 한 마리 두 마리 침에 빠져 발버둥치던 개미가 움직임을 멈출 때 커다란 그림자가 나를 덮었다. 고개를 들어 보니 아빠가 신문지에 싸인 커다란 나무 둥치를 머리에 이고 있었다.

"이게 소포야?"

나는 또 속은 게 약이 올라 잔뜩 삐친 목소리로 물었다. 소포라는 것을 처음 본 날이었다.

"도마다."

아빠가 말했다.

"무슨 도마가 이렇게 커?"

아빠는 오동나무 도마라고 했다. 도마라고 했지만 그것은 그냥 밑동을 잘라낸 나무였다. 놀이터에 있는 의자라고 해도 하나도 이상하지 않았다. 아빠는 그 커다란 도마를 노란 바구니에 담으며 나보고는 앞에 타라고 했다. 나는 덩치만 큰 도마, 그러니까 소포한테 내 자리를 뺏긴 게 분하기도 하고, 고작 저런 걸 선물이라고 생각하고 따라온 게 신경질이 나서 이제부터 아빠랑 아무 말도 하지 않겠다고 다짐했다.

도마가 우리 집에 온 날, 엄마는 시장통에 떡을 돌리고 그 큰 도마에 돼지머리를 얹었다. 사람들은 그놈 잘생겼다며 코와 입에 종이 돈을 꽂았다. 가게 안에 딸린 방까지 시장 사람들로 꽉 찼다. 엄마는 돼지머리에 꽂힌 돈을 앞치마에 찔러넣고 제일 먼저 돼지 코를 잘랐다. 그다음은 귀였다. 코와 귀가 잘린 돼지는 처음의 웃는 모습은 사라지고 아프고 억울한 표정을 짓고 있었다. 아빠가 방에서 안주 빨리 내오라고 소리쳤다.

엄마는 이날을 위해 장만한 두껍고 넓적한 칼을 들고 돼지머리를 있는 힘껏 내리쳤다. 돼지머리가 갈라지고 칼이 도마에 꽂혔다. 사람들은 한 번에 갈랐으니 대박이라고 엄마를 추켜세웠다. 엄마는 돼지보다는 도마를 기다렸던 것처럼 다시 한 번 손을 번쩍 들어 돼지머리를 잘랐다. 그럴 때마다 얼마나 힘을 준건지 칼이 도마에 꽂혀 두 손으로 힘을 주어 빼내야 했다. 장사가 잘될 거라고 웃고 떠들던 이웃들의 술잔 앞에는 돼지머리 고기가 한 접시씩 놓였다. 우리 집은 시장통의 생선가게였는데, 막내 고모가 보내준 도마를 제일 먼저 차지한 것은 돼지머리였고, 제일 먼저 쪼개진 것도 돼지머리였다.

다음 날부터 도마 위에는 생선이 올려졌다. 동태며 임연수어, 갈치와 고등어가 엄마의 칼질에 단번에 머리가 잘리고 세 토막,

두 토막으로 잘려 검은 봉지에 담겼다. 엄마는 생선을 토막낼 때 돼지머리를 자를 때처럼 힘을 주지는 않았지만, 한 해가 지나고 두 해가 지날 때마다 도마는 둥그렇게 파였다. 그제야 나는 왜 고모가 그렇게나 큰 도마를 소포로 부쳤는지 알 수 있었다. 그 많은 생선을 자르며 파인 둥그런 자리는 도마의 나이테 같았다. 도마가 파일 때마다 나도 한 살씩 나이가 자라고 있었다.

이제는 막내 고모도 아빠도 나이테가 자라지 않는 잘린 나무가 되었지만, 나는 고모가 부친 소포를 이제야 찾으러 가는 사람처럼 시장통을 돌 때마다 서성이곤 한다. 어느 날 파를 사다가 그 집 옆에 있는 도마가 눈에 들어왔다. 배가 고프지는 않았지만 노상의 의자에 앉았다. 외국인 노동자로 보이는 대여섯의 사람들이 순대와 튀김을 손으로 짚으며 다섯 손가락을 폈다.

"5인분 달라고?"

아줌마가 되물었다.

"많이많이, 우리 한강 가서 먹어."

손가락을 펴던 사람은 촐랑대며 재촉하고 몇몇은 튀김을 바구니에 담으며 떠드는 모습이 소풍 가는 어린애들 같았다. 얼굴이 불에 익은 것처럼 볼이 발간 아줌마가 순대를 덮고 있던 비닐을 들추고 간이랑 허파도 줄까 물었다. 그들은 서로 얼굴을 보며 "허파? 허파!" 하며 자기들끼리 웃어댔다.

"오늘 일 안 해?"

키가 작고 머리칼이 곱슬인 남자가 "메이데이, 메이데이" 하고

답했다. 아줌마는 순대를 썰다가 이맛살을 찌푸렸다.

"메이데이가 뭔데?"

메이데이라고 말한 남자가 술이 담긴 검은 봉지를 들어올리며 으쓱 하고는 허공에 5와 1을 적었다.

"노동절이요. 오월 일일."

내가 끼어들었다. 아줌마는 순대와 튀김 5인분을 메이데이 남자에게 건네주며 아하, 하는 표정을 지었다.

"메이데이 좋겠데이. 니들은 근로자의 날 다 쉬는구나."

메이데이 남자가 돈을 건네며 "감사합니다"라고 말했다. 사람들이 떠나고 아줌마는 내게 "뭘 줄까?" 하고 물었다. 나는 순대를 보며 도마의 굴곡이 멋지다고 말했다. 아줌마는 내게도 "간이랑 허파도 줄까?" 물었다. 나는 간만 달라고 했다. 순대를 썰며 아줌마는 혼잣말을 하듯 한숨을 내쉬었다.

"근로자의 날에 다들 쉬나. 빨간 날은 아닌데. 우린 여태 한 번도 안 쉬어 봐서. ……걔네들도 다 쉰다는데."

순대 접시를 내미는 아줌마 얼굴은 코와 귀가 잘린 돼지의 표정으로 바뀌어 있었다. 내가 계속 도마를 쳐다보자 아줌마는 뭘 그렇게 보느냐고 물었다. 얼마나 칼질을 한 건지 아줌마의 도마도 둥그렇게 파여 엉덩이 같은 곡선을 그리고 있었다. 나는 어릴 때 엄마가 생선가게를 했다고 했다.

"저걸 보니까 오동나무 도마가 생각나서요. 어릴 때는 도마가 움푹 파이면 절구처럼 돼서 빨리 엄마가 생선가게를 그만두면 좋겠다고 생각했거든요."

"우리 애들도 나한테 냄새난다고 별로 안 좋아했어. 생선가게면 더했겠네."

우리는 둘 다 웃었다.

"여기선 얼마나 장사하셨어요?"

아줌마는 떡볶이를 저으며 9년 동안 한자리에 있었다고 했다. 그동안 세가 올라 노상인데도 매달 구십만 원을 자릿세로 낸다고도 했다. 나는 떡볶이와 튀김, 순대를 팔아서 매달 구십만 원을 자릿세로 내고 나면 뭐가 남느냐고 물었다.

"그러게 말이야. 그래도 할 게 이거밖에 없으니 어쩌겠어, 배운 것도 없고. 어떻게든 하게 되더라고."

나는 사진을 찍어도 되느냐고 물었다.

"잠깐만."

아줌마는 기다리라고 하더니 행주로 도마를 닦아내고 얼른 손을 치웠다.

"아니, 아주머니 손을 찍고 싶은데."

"칼질하는 손 뭐 하러 찍어!"

아줌마는 내심 찍어줬으면 하는 눈치로 "그래도 이게 박달나무야. 한 열두 개는 썼지" 하며 행주질을 했다.

"열두 개나요? 플라스틱 도마를 쓰면 되지 않아요?"

아줌마는 플라스틱은 몸에도 안 좋고 칼날을 버린다고 했다. 박달나무는 단단해도 칼날을 못쓰게 하지는 않는다고. 그래도 매번 파이는 걸 보면 이만큼 일해서 애들 대학도 보냈으니 이게 효자라고도 했다.

“처음에는 이깟 도마 쓰다가 구멍 나면 버렸는데, 박달나무가 단단해서 이게 또 쓸모가 있겠더라고. 집에 모아놓은 도마가 여섯 개는 있어.”

나는 사진을 찍으며 가보로 물려줘도 되겠다고 했다. 아줌마는 나중에 애들이 결혼하고 애기 낳고 하면 문화센터에 가서 수채화 그리는 법을 배워서 도마 위에 그림도 그리고 좋은 글귀 같은 것도 적어 보고 싶다고 했다. 고모가 보낸 소포를 기다리며 길바닥에 그리던 그림이 떠올랐다. 그 위에 침을 뱉으며 그림을 지우고 개미를 잡아 빠뜨리던 기억도. 기다리던 소포가 고작 나무 덩어리였던 것에 실망했던 것도.

그 나무 덩어리가 굴곡을 만들 때마다 돈이 모였을까. 엄마도 아줌마처럼 생선을 자르는 것 말고 도마 위에 다른 것을 그리고 싶지는 않았을까. 그런 바람이 9년 동안 도마질을 하면서도 견디게 해준 것은 아니었을까. 고모는 9년 동안 열두 개의 도마를 바꾸지 말고 하나 다 쓸 때까지 버티라고 말하고 싶었던 걸까. 지금쯤 엄마의 도마는 무엇이 되었을까. 생선 냄새 가득 배인 도마는 누군가의 의자가 되었을까. 아니면 아줌마의 도마처럼 언젠가 그림이 그려질 도화지로 남아 있을까. 어쩌면 누군가 시간이 갉아먹은 그 도마를 쪼개 작은 나무 물고기를 만들었을지도 모른다. 나는 아줌마의 도마를 쳐다보았다. 얼마나 칼질해야 저런 엉덩이 같은 굴곡이 만들어질까. 나는 막내 고모가 보내준 소포를 이제야 받은 것 같았다.

“문화센터 안 가셔도 돼요. 저런 굴곡은 아무나 못 만들거든요.”

살짝 웃는 아줌마의 두 볼이 더 발그레해졌다.

우체국 가는 길

불빛 때문일까. 내 방 창에서 보면 일곱 시 넘어 가로등이 켜지고 서쪽 멀리에서도 불빛이 하나둘 걸리기 시작한다. 저녁의 불빛은 길게 이어지다 끊기기도 하는데 끊겼나 하면 다시 집집마다 불을 붙이듯 다른 불빛으로 이어졌다. 불빛이 걸린 길은 여러 번 걸어 본 길인데도 전혀 다른 길처럼 다가왔다. 초록 문을 나와 찻길을 걷다 보면 갈림길이 생긴다. 발길은 갈림길에서 이미 마을 쪽으로 들어가고 있다.

작은 개울에 걸쳐진 시멘트 다리를 건너니 둔덕에 유모차 두 대가 서 있었다. 하나는 사용하는 것인지 깨끗했고 또 하나는 이미 낡아 천이 벗겨져 있었다. 파꽃과 과꽃과 붓꽃이 차례로 개울가 경사면에 발을 걸치고 피어 있었다. 개울을 따라가니 길 한쪽에 불쑥 솟은 바위 같은 것이 보였다. 몇 발짝 다가가니 개

같아 보였다. 더 가까이 가니 검은 비닐을 실은 유모차였다. 허리가 굽은 할머니 한 분이 먼지 날리는 밭이랑을 따라 뒤뚱거리고 있었다. 할머니는 이상한 물건을 쥐고 끌고 있었는데, 동그란 노란 통에 바퀴가 달려 있고 대걸레처럼 손잡이가 길게 뻗어 있는 도구였다.

"할머니 그건 뭐예요?"

할머니는 허리를 펴며 나를 훑어보았다.

"참깨여!"

나는 노란 통을 가리켰다.

"아니, 그거요. 그건 뭐 하는 건데요?"

"이거 씨통이여. 한번 해볼껴?"

할머니는 손짓으로 나를 부르더니 앞뒤를 잘라먹고 밀대를 내게 건넸다. 할머니가 쥐고 끌던 도구는 한 번에 도랑을 파고 씨를 뿌리는 농기구였다. 노란 통에 씨가 들어 있다고 했다. 밀대를 밀면 바퀴가 씨 자리를 파면서 통의 구멍을 통해 씨가 튕겨져 나왔다. 노란 통은 쇠고랑처럼 생겼는데 하는 일은 일석삼조였다. 할머니는 허리 아픈데 잘됐다는 듯 내게 씨통을 맡기고는 길가로 나갔다. 나는 길게 이어진 밭이랑을 씨통을 밀며 지나갔다.

"힘줘서 밀어야 해."

길가에서 할머니가 소리쳤다. 한 줄을 다 밀고 다음 줄을 밀 때까지 할머니는 꼼짝하지 않았다.

"싹이 언제 나올까요?"

나머지 이랑으로 가서 밀대를 밀며 물었다.

"닷새 지나면 나올 거여."

땀이 솟았다. 할머니는 유모차에서 검은 비닐을 꺼냈다. 유모차 아래 바구니에는 낫이랑 간단한 농기구가 들어 있었다. 내가 밭이랑을 따라 씨를 뿌리는 동안 할머니는 검은 비닐을 가져와 씨를 뿌린 자리에 씌웠다.

"자네는 어디서 왔는가?"

어디로 가냐고 물으면 대답할 말이 있었다. 그런데 어디서? 나는 어디서 왔을까. 왜 여기까지 왔을까. 나는 갑자기 묻는 질문에 대답을 못하고 남은 씨앗이 튕겨져 나오는 것을 바라보았다. 더 있다가는 비닐도 씌워야 할 것 같아 얼른 인사를 드리고 산이 보이는 쪽으로 걸었다.

지나갈 때 보니 밭농사 자리마다 유모차가 있었다. 마을의 외곽이었고, 아직 모를 심지 않은 논 자리에는 노란 연두의 송홧가루가 농약처럼 떠 있었다. 외길에는 아무도 없고 찔레 향이 걷는 내내 앞장서 걷고 있었다. 옆을 보니 뽕나무에 오디가 손에 닿을 듯 가지를 내밀고 있었다. 보름이나 한 달 사이 오디를 딸 수 있을 것이다.

나는 계속 지난밤 불빛이 지나간 자리를 걷고 있었다. 일주일 전 폭풍에 통유리가 깨진 집은 그새 새로 유리가 끼워져 있었다. 이틀 전 조등도 없이 마당까지 나와 밥을 나누어 먹던 상복 입은 사람들이 있던 곳에는 형제만 남은 듯 차가 석 대만 남아 있었다. 목이 길고 털이 하얀 왜가리인지 해오라기인지가 우아한 날갯짓으로 내려앉던 논둑에는 곧 모내기가 시작되려는지 물길이 터져 있었다.

논둑길을 걸어 시내로 접어드는 곳에서부터 다리가 아파 정류장 의자에 앉았다. 맞은편 초등학교 앞에 머리가 헝클어진 여자가 혼자 앉아 고개를 사십 도로 하고 나를 쳐다보고 있었다. 번호가 지워진 버스가 섰다. 버스에서 내리는 사람은 없었다. 앞문이 열렸다. 정류장에는 나밖에 없었다. 나는 우체국 가느냐고 물었다. 아저씨는 당연하다는 듯 "타요"라고 했다. 나를 위해 정류장에 서고 문을 열어준 거였다. 잠깐 쉬다 더 걸어갈 생각이었지만 얼른 올라탔다.

버스 안에는 꽃무늬 바지를 입은 할머니 두 분이 앉아 있었다. 꽃무늬 할머니들은 자매인지 얼굴이 닮아 보였다. 할머니들은 세븐일레븐 앞에서 내렸는데, 버스가 선 후에야 "내려, 내려" 말하고, 그러고도 한참을 투닥거리다가 내렸다. 버스는 그들이 다 내려선 후에도 한 템포 기다렸다 움직였다.

우체국에 가서 백 원짜리 서류봉투를 사고 서울로 가는 주소를 적었다. 대기표도 뽑을 필요 없이 창구로 갔다. 우체국 직원은 빠른우편으로 할 거냐고 물었다. 나는 "아니요"라고 대답했다. 직원은 다시 확인하듯 "일반 소포는 하루 더 걸리는데요"라고 했다. 그래도 괜찮다고 했다. 이런 느린 시간은 이곳과 어울린다. 나는 이미 이곳의 시간을 몸에 받아들이고 있는 것이다. 우편비를 계산하며 그 시간을, 느림을 내 안으로 더 꾹꾹 눌렀다.

우체국을 나와 시장을 돌았다. 소머리국밥집 앞에는 큰 도마가 나와 있었다. 도마 위에 잘린 소머리가 지나가는 손님들을 끌고 있었다. 처음에는 돼지머리인가 싶어 가까이 다가갔는데, 뿔이 있었고 놀랍게도 눈동자가 있었다. 익어버린 눈동자였다. 죽음의 순간에 눈을 뜨고 있었다니. 반사적으로 한 발 물러섰다. 눈동자를 마주한다는 건, 죽어가는 그때를 증언하는 증거를 본다는 건 우선은 피하고 싶은 감정이 앞섰다. 나는 잠깐 눈을 감았다가 다시 뜨고 찬찬히 그 눈동자를 들여다보았다.

소머리국밥집 맞은편에는 참깨 냄새가 퍼지는 방앗간이 있었다. 참깨밭 할머니도 이곳에서 참깨를 볶겠구나. 그 앞에 달걀집이 있었다. 며칠 전부터 왜 자꾸 달걀을 사고 싶은지 알 수 없었다. 한 판은 들고 가기 힘들 것 같아 반 판에 이천 원을 주고 샀다. 오이도 샀다. 한 묶음으로 내놓은 열두 개는 많은 것 같아 여섯 개만 샀다. 이곳에서의 생활은 평소 절반만으로도 가능했다.

시장통을 나와 정류장까지 걸어오는 내내 반대편에서 함께 걷던 할머니 세 분이 맞은편에 보였다. 모두들 유모차를 끌고 있었다. 유모차는 그들의 나들이 지갑이자 장바구니였다. 버스 정류장에 앉아 버스 시간표를 보았다. 붙어 있는 시간표대로라면 이 분 전에 버스가 지나갔을 테지만 시간이 지켜졌을 것 같지 않았다. 의자 옆에 두툼한 편지봉투가 눈에 들어왔다. 옆에 앉은 정장을 입은 할아버지의 시선을 피해 편지봉투를 열었다. 서울의 영수증과 핸드폰 계약서가 들어 있었다. 연애편지 비슷한 것을 기대했는데 시시해서 그대로 두었다.

잠깐 사이 번호가 없는 버스가 멈춰 섰다. 나는 남하리 가느냐고 물었다. 올 때보다 더 젊은 기사는 그냥 타라고 말했다. 버스에 앉아 창밖을 보니 다음 정류장에 머리가 헝클어진 여자가 그대로 앉아 있었다. 버스는 정류장에 서지 않았다. 나는 고개를 꺾어 여자가 사라질 때까지 쳐다보았다. 여자는 어디로 가고 싶을까. 다들 떠나는 자리, 왜 저 여자는 저렇게 정처 없이 앉아 있을까.

걸어올 땐 두 시간 남짓 걸리는 거리가 버스를 타니 몇 분 만에 뚝딱 멈추었다. 버스는 내가 내린 곳에서 큰길로 나가지 않고 마을 쪽으로 방향을 틀었다. 신기하게도 버스는 내가 처음 돌았던 그 골목을 돌아 마을 쪽으로 달리고 있었다. 깨진 유리창이 끼워지고 상복을 벗은 사람들이 자동차를 타고 떠났을지도 모르는, 해오라기인지 왜가리인지가 옆 동네로 날아가고, 길가의 오디가 오후의 빛만큼 더 익었을 길로. 그곳에는 내가 씨를 뿌린 참깨도 있을 것이다.

동네 이름이 번호표인 버스들에 불이 켜지면, 내가 떠난 후에도 내 방 창에서 누군가 쳐다보겠지. 저 불빛은 누구의 불빛일까. 길게 움직이는 저 불빛은 어디서 와서 어디로 가는 걸까. 궁금함을 참지 못한 사람이 나처럼 불빛을 찾아 걷다가 내가 뿌린 씨앗이 잎을 떨구면 참깨 터는 일을 도와줄지도 모른다. 할머니는 비닐이 실려 있던 유모차에 참깨를 싣고 시장까지 걸어가 참깨를 볶고 기름을 짜겠지.

어떤 저녁이 오면, 마을에는 참깨 냄새가 바람을 타고 창을 두드릴지도 모른다. 그때도 내 방 창에는 마을버스의 움직이던 불빛이 사람들을 태우고 집집마다 서겠지. 그때도 여자는 정류장에 앉아 있을까. 운 좋은 어떤 사람이 할머니가 내게 그랬던 것처럼 여자에게 말을 걸고 있을지도 모른다.

"어디서 오셨어요?"

사십 도로 고개를 꺾은 여자는 그제야 버스에 올라타며 물을지도 모른다.

"우체국에 가나요?"

목요일의 참새

참새가 복도로 들어왔어요. 복도에서 날다가 유리창으로 돌진해 기절했다고 해요. 3층의 고무신 작가가 손바닥에 참새를 올려놓고 가슴 쪽을 계속 쓰다듬었더니 눈은 떴어요. 탁구를 치다 나온 동화작가가 말했어요.

"바람 쐬면 정신 차릴 거야."

고무신 작가는 조심조심 밖으로 나갔어요. 참새를 야외 테이블에 올려놓고 우리는 빙 둘러앉았지요. 참새는 다리에 힘을 주고 서 있기는 하는데 움직임이 없었어요. 처음 올려놓은 그대로 꺾인 발목을 펴지도 않고 가만 있더군요. 참새 깃털이 한 방향으로 살랑 움직였어요. 그걸 보고 바람이 불었구나 알게 되는 칠월의 볕이 뜨거운 날이었어요. 전날 같으면 바람도 하나 없다고 했을 텐데 참새를 보고 있으니 바람의 결도 크기가 다르네요. 고무신 작가가 테이블 근처 텃밭으로 가서 작대기로 바닥을 뒤집네요. 실지렁이를 찾고 있대요. 앞방의 시인이 커피잔에 물을 떠왔어요. 손가락에 물을 묻혀 튕겼죠. 참새는 제 위의 것들을 전부 들어올리듯 눈을 뜨다가 감았어요. 시인은 참새 머리를 손가락 하나로 쓸었지요.

"이런 거 처음이야. 다들 만지지 마. 참새 머리를 쓸어 본 사람은 나밖에 없을 거야."

참새는 눈을 떴다가 그 힘에 눌려 또 감았어요. 손가락에 물을 묻혀 부리에 댔는데 피하지도 않고 눈만 떴다가 감는 거예요.

"얘도 쪽팔려서 그런가 봐요."

한바탕 웃음소리가 바람보다 더 세게 깃털을 날리는데도 참새는 눈을 뜨지 않고 그대로네요.

"무슨 쪽팔린 일 있었어?"

참새처럼 어정쩡하게 앉아 있던 앞방의 소설가는 쓰고 있던 장편소설을 엎었다고 하네요. 여기까지 와서 뭐 하나 싶어 자기가 한심해서 견딜 수가 없더래요. 걷다 보니 며칠 전 저녁을 먹고 같이 걸었던 마애불상이 있는 곳까지 가게 됐다더군요. 여기 모인 사람들은 다들 글 한 줄 쓰려고 방 한 칸을 빌린 사람들이거든요. 그런데 어떻게든 그 방에서 나오려고 용을 쓰는 것처럼 보여요.

"이 땡볕에? 나라면 분명 가다가 돌아왔을 거야."

참새 머리를 만지지 말라고 한 시인이 손부채를 하며 말했어요.

“땡볕을 뚫을 만큼 심각했어요. 돌상 옆에서 노래를 부르고 싶더라고요. 그렇게라도 안 하면 미치겠어서…….”

소설가는 마애불상 옆에서 이어폰을 꽂고 소리를 지르며 노래를 불렀대요.

“한참 소리를 지르고 있는데 아래쪽에서 누군가 고개를 드는 거예요.”

아무도 없는 줄 알았던 망초 꽃밭에서 할아버지 한 분이 걸어 나오더래요. 소설가는 미친년인 줄 알았겠죠, 묻고는 더 얘기하기 싫은지 고개를 박았어요. 그러곤 명색이 참새도 샌데 유리창에 부딪혀서 기절까지 한 게 쪽팔려서 안 나는 거라고 자기한테 얘기하듯 웅얼거리더군요.

“그럼 새가 날다가 부딪히지 걷다가 부딪히면 그게 샌가. 글쟁이들이 글에 걸려 넘어지는 게 뭐가 쪽팔려?”

동화작가가 끼어들었어요.

“지렁이도 기다가 부딪히지 날다가 부딪히진 않지.”

소설가가 대꾸를 안 하자 그렇게 크게 들리지는 않았을 거라고, 그래서 나이 먹으면 귀가 막히는 게 미덕이라며 고무신 작가는 계속 땅바닥을 살폈죠. 우리는 쪽팔린 참새를 위해 각자 조용히 방으로 향했습니다. 고무신 작가는 참새에게 줄 실지렁이를 더 찾아보겠다고 했어요. 베란다에서 내다 보니 참새가 위치를 바꾼 것 같았어요. 내려와 보니 똥을 싸놨네요. 지렁이는 보이지 않았어요. 시인이 한 것처럼 손가락 하나로 머리를 몇 번

쓰다듬었더니 눈을 떴어요. 눈을 껌뻑이며 움찔하다 다시 감고 가만 있는 거예요. 쪽팔린 게 맞아 보였어요.

저녁에 내려와 보니 테이블에 박스가 놓여 있어요. 매일 시내 도서관에 갔다 오는 위층의 요리사 동화작가가 박스 안에 참새를 넣어두었네요. 테이블에서 떨어질까 봐, 아니면 며칠 전 봤던 쥐보다 길고 큰 애(설마 족제비)들한테 잡아먹힐까 봐 넣어뒀을 수도 있어요. 장편소설을 엎었다는 소설가가 갈라진 목소리로 시큰둥하게 말했어요.

"재 그냥 놔두면 좋겠는데. 죽으면 죽는 거고. 박스는 좀 아닌 것 같아요."

그러면서도 테이블 가에 자리를 잡았어요. 앞방의 동화작가가 시내에 갔다가 베스킨라빈스 아이스크림 여섯 개들이 박스를 사왔어요. 모두들 다시 참새 옆에 모였습니다. 최대한 시끄럽게 하려는 듯 가위바위보를 해서 아이스크림 종류를 찜하기로 했어요. 나는 처음부터 가위를 냈죠. 다들 어떻게 하면 이길까를 궁리하고 있었어요. 고무신 작가와 내가 마지막에 남았어요. 나는 또 가위를 냈고 고무신 작가는 주먹을 냈어요. 내가 꼴찌가 되었지요. 고무신 작가는 나보고 선택하라고 하더군요. 다들 한 번씩 아이스크림을 퍼먹고 자기 것도 먹어 보라고 테이블 중앙으로 아이스크림을 미네요. 먹어 보고 자기 입맛에 맞는 걸 찾아가자고요. 가위바위보는 왜 한 걸까요. 그 시끄러운 중에도 참새는 꿋꿋하게 눈을 감고 있었어요.

아이스크림을 사온 동화작가는 저녁 산책으로 동네를 돈다고 하고, 장편소설을 엎은 소설가는 피곤해서 들어간다 하고, 나는 구성을 끼워 맞추는 글을 마저 손보려고 방으로 들어왔죠. 책상에 앉아 창밖을 보니 언덕에 어스름이 깔리네요. 그 길로 누군가가 기어오르는 게 보였어요. 동화작가였을까요. 혼자 걷고 싶어 밖으로 나와 박스 안을 보았습니다. 참새의 털이 저녁 바람에 들썩였지만 참새는 참 끈덕지게 움직이질 않네요.

언덕길을 걷는데 왜 자꾸 참새들만 보일까요. 뽕나무 잎에서도 앵두나무에서도 참새들이 나를 두고 가위바위보를 하는 것 같더군요. 웃음을 꾹 참고 있다가 한 마리가 웃음구멍을 내면 에라 모르겠다 하고 따라 웃듯 내가 걷는 곳마다 펑펑 터지고요. 찻길로 돌아 언덕길과 만나는 곳을 지나 살구를 몇 개 주웠어요. 참새들이 터뜨린 웃음이 살구나무의 살구를 떨어뜨렸거든요. 웃음도 참새들만큼 모이면 무언가를 떨어뜨릴 수 있는 거네요. 떨어진 살구를 주머니에 넣고 걸으니 걸음마다 살구 냄새가 퍼져요. 돌아와서 박스 안을 들여다봤죠. 참새는 좀 전까지 살구나무를 흔들다가 한 발짝 먼저 돌아온 것처럼 숨을 헐떡이고 있었어요. 주머니에서 벌레 먹은 살구를 꺼내 그 옆에 두었죠.

"이봐, 방금 네가 떨어뜨린 거지? 모른 척해도 다 알거든."

그 말을 하면서 주위를 둘러보게 되네요.

"먹다 보면 벌레도 먹을 수 있어. 밤새 파먹어 봐. 근데 나도 글을 써야 하니까 내일은 날아가라."

나는 참새 때문에 글을 못 쓰고 있는 것처럼 누명을 씌웠죠. 자꾸 누가 숨어서 보고 있는 것 같았어요. 나는 두리번거리다 방으로 들어왔지요.

다음 날 점심때는 며칠 보이지 않던 위층의 극작가가 참새 곁에서 떨어지질 않았어요. 나는 손바닥에 참새를 놓고 어제 분 바람처럼 아래위로 흔들었어요. 눈만 껌벅이던 참새가 귀찮다는 듯 날개를 폈죠. 그런데 그때 내가 어떻게 했는지 아세요? 잽싸게 뚜껑을 덮듯 왼손으로 지붕을 만들었어요. 지붕으로 얹은 손을 살짝 들어 들여다봤죠. 전날에는 날아가라고 했으면서 하루 만에 마음이 바뀐 걸까요? 나는 깜짝 놀랐어요. 참새가 눈을 뜨고 나를 보고 있는 거예요. 참새와 눈이 마주친 적 있어요? 내가 이럴 줄 알았다는 듯 다시 눈을 감지도 않아요. 나는 뭔가를 들킨 것처럼 놀라 참새의 시선을 피했죠.

극작가는 내가 하는 짓을 보고 있다가 자기 손바닥을 내밀었어요. 지붕으로 얹은 손을 고무신 작가의 걸음걸이처럼 조심스럽게 폈죠. 허, 이것 봐라. 참새는 그새 눈을 감고 있네요. 극작가는 자기 손바닥에 참새를 얹었어요. 그러곤 말릴 새도 없이 내가 한 것처럼 힘을 주어 위아래로 손바닥을 흔드는 거예요. 참새는 떨어지지 않으려고 얼떨결에 날개를 폈어요. 이번에는 없던 일로 할 수 없었는지 날개를 퍼덕이다 옆 마당의 지붕 위로 날았지요.

"날았어."

우리는 일제히 소리쳤지요. 텃밭에서 여전히 지렁이를 찾던 고무신 작가가 어디, 어디 하며 고개를 들었습니다.

"재 맞아? 맞지?"

고무신 작가는 전깃줄에 앉은 참새를 가리켰지요. 손바닥에서 지붕을 지나 전깃줄까지, 단 몇 분 동안의 일이었어요.

"참새가 나네."

고무신 작가가 말했죠.

"그럼 참새가 날지, 지렁이가 날겠어?"

동화작가가 말했어요.

"그렇게 쉽게 날려버리면 어떻게 해. 날다가 넘어진 김에 지렁이라도 먹고 가라고 하지."

아쉬운 듯 투덜대던 고무신 작가가 수돗가로 가서 고무신을 씻더군요.

"여태 쓴 것도 없는데 '박씨 물고 온 참새'나 써 볼까?"

앞방의 동화작가가 말했어요.

"'참새와 멍청이들'로 뮤지컬을 만들어 봐."

극작가가 고무신 작가를 보며 말했죠. 고무신 작가는 서운한 듯 전깃줄만 바라보았습니다.

"참새와 멍청이들이라. 참새의 날은 어때? 러시아에서는 진짜 '참새의 날'이 있어. 소위 말하는 민중의 날! 들어 봤어?"

다들 참새로부터 뭔가를 끄집어내려고 줄다리기를 했습니다.

"근데 오늘이 무슨 요일이지?"

참새 머리를 쓸어 본 시인이 물었어요. 다들 무슨 요일인지 가위바위보를 해서 맞추듯 화요일인가 수요일인가 목요일인가 날을 새고 있었지요. 그때 참새의 깃털을 건드리던 바람만 한 목소리가 들렸어요. 고무신 작가는 동화작가를, 동화작가는 시인을, 시인은 소설가를, 소설가는 극작가를, 극작가는 나를 쳐다보았습니다.

"목요일이래. 게다가 이번엔 우리가 유리창에 부딪힐 차례라는데."

내가 중얼거렸죠.

"나도 들었어. 목요일 맞아."

시인이 핸드폰을 보고는 맞장구를 쳤지요. 망초 꽃밭에서 고개를 들었다는 노인이 그랬을까요? 다들 우리 중 누가 말을 한 건지 모르겠다는 표정으로 참새가 날아간 곳을 쳐다보았죠. 전깃줄에 있던 참새는 어느새 보이지 않았습니다. 대신 전깃줄이 참새의 목요일만큼 흔들리고 있었죠. 허공에는 거미줄을 치듯 이쪽에서 저쪽으로 날아가는 목요일의 참새들이 잠자리들을 쫓고 있었어요.

청자의 노래

대문 앞에서 남자아이 둘이 공을 차고 있었다. 언덕길인데 몇 시간째 대문 앞에서만 공을 굴리고 있다. 큰아이는 아래에서 공을 힘껏 차서 올리고 작은아이는 위쪽에서 요리조리 왔다 갔다 하며 공을 굴린다. 더 위로 올라가면 주민자치센터 근처에 공터가 있는데 대문 앞에서 더 가지 않는 걸 보니 아래층에 이사 온 집 아이들인 모양이다. 작은아이는 한눈에 봐도 눈이 크고 머리도 컸다. 큰아이는 아빠 옷을 입은 건지 티셔츠가 정강이를 덮고 있었다. 아이들 엄마는 이삿짐을 내릴 때는 못 봤는데 짐 정리를 하는지 종일 목소리만 들렸다. "니들 물건 정리 안 하면 학교 근처도 못 갈 줄 알아" 하는 소리가 들리다가 저녁참에는 "이 새끼들, 얼른 들어와서 밥 안 먹어" 하며 대문을 향해 내지르는 소리가 들렸다. 여자는 목소리만으로도 아이들을 때려잡을 것처럼 울림통이 컸다. 쓰레기를 버리러 나가다 보니 이삿짐을 풀고도 밥을 한 건지 된장찌개 냄새가 났다. 여자가 이사 온 날부터 밤이면 이상한 소리가 부엌 창 쪽으로 들어왔다. 아이가 잠든 늦은 시간이었다. 처음에는 대화하는 소리 같았는데 어느 날은 독백처럼 혼자 웅얼거리는 것 같기도 했다.

"저 언덕 너머 어딘가, 그대가 살아 있을까. ……너와 나 외로운 사람. ……여기 어딘가……."

며칠 지나 나는 그것이 내가 아는 노래의 한 구절인 걸 알아챘다. 여자는 같은 구절을 반복하며 노래하고 있었다. 아이들한테 말할 때와는 딴판인 힘 빠진 목소리였다. 노랫소리가 들릴 때는 부엌 창으로 담배 냄새도 함께 딸려 들어왔다. 나는 문을 세게 닫았다가 열었다. 그리고 다시 쾅, 소리 나게 닫았다. 노랫소리가 멈췄다. 일주일쯤 지나 누군가 우리 집 문을 두드렸다. 문 앞에는 나보다 머리 두 개는 작고 얼굴은 동안인데 꼼꼼하게 화장을 한 여자가 서 있었다. 여자는 아랫집에 이사 왔다고 자신을 소개했다.

"……그 집은 남자애들만 있나 봐요."

"우리 애들 보셨구나. 시끄럽고 부산하게 하고 그러지는 않을 거예요. 이사를 하도 많이 다녀서."

여자는 잘 부탁한다며 고개를 숙였다. 정수리 쪽에 동전만 한 구멍이 뚫린 게 보였다.

"그런 게 아니라…… 저는 딸만 하나 있거든요. 보니까 작은

애, 아니 큰애랑 또래일 것 같아서요. 우리 집 아이는 이번에 입학했어요."

작은애가 또래로 보였지만 키가 너무 작아서 말을 바꾸었다.

"우리 작은애랑 같네요. 오늘 전학 수속 밟고 왔는데, 그럼 그 인형처럼 예쁜 아이가 언니네 아이였군요. 어디서 봤다 싶었는데……."

언니라니. 처음 보는 사람한테 통성명하기도 전에 불쑥 들은 말치고는 다정했고, 나이 들어 보인다는 말로 들리지도 않았다. 그런데도 나도 모르게 현관문을 안쪽으로 잡아당겼다. 여자는 자기가 온 이유를 잊어버렸는지 어제 만났던 사람처럼 외려 현관 앞으로 한 발을 들여놓았다. 여자는 양손을 배에 대고 불룩한 모양을 그리다가 저도 딸이 있었으면 했어요, 하며 손가락을 배 밑으로 가져가 위로 올리면서 둘째를 가질 때 꼭 딸이었으면 했는데 사내놈이 나오지 뭐예요, 하며 얼굴을 찡그렸다. 그러곤 딸이랑 수다 떨고 쇼핑도 하면 얼마나 좋을까, 하며 손가락 두 개로 코를 잡았다.

나는 어느새 여자의 손짓을 눈으로 따라가며 듣고 있었다. 표정은 더 다양해서 주먹을 살짝 쥐고 턱 밑에 두었다가 나를 가리키며 고개를 옆으로 기울여 코를 씰룩이다가 남자애 둘을 키우려면 일자 눈썹이 된다며 이맛살을 찌푸렸다. 광대에 홀린 듯 여자를 바라보자 여자가 손에 들고 있던 테이크 아웃 컵을 내밀었다.

"맞다. 내가 너무 혼자 떠들었죠. 이거."

컵 속에는 선인장 줄기 하나가 막대기처럼 꽂혀 있었다.

"떡집을 찾아봤는데 어디 있는지 안 보여서요. 흙이 모자라서 이 모양이 됐어요."

키 작은 줄기에 주홍 꽃이 돋아 있었다. 꽃이 나온 가지만 잘라낸 것 같았다. 나는 그 화분을 받아들고 맞절을 해야 하는 상황이 되었다. 여자는 무언가를 주었다는 당당한 목소리로 "언니 같은데, 자주 인사하며 지내요"라고 했다.

"언니요? 제가요?"

이번에는 질문을 놓치지 않으려고 얼른 되물었다.

"나보다 키가 크잖아요." 여자의 손은 내 머리까지 올라왔다. "보다시피 제가 좀 작아서요." 손은 여자의 머리 위에 올려졌다. "언제부턴가 키가 안 자라더라고요." 피식 웃음이 터졌다. 여자가 뒷목을 긁으며 먼저 웃어서일 것이다.

"전에 살던 집에서 키우던 건데, 얘는 물만 줘도 키가 쑥쑥 커요. 선인장이니까 빛이 드는 곳에 있으면 더 잘 자랄 텐데, 저희는 반지하라서 아마 저처럼 덜 자랄 거예요."

여자는 자기를 보라는 손짓을 하며 킥킥 웃었다.

며칠 뒤 아침 일찍 장을 보고 오는 길에 대문 앞에서 여자와 마주쳤다. 여자는 재활용 쓰레기를 분류하고 있었다.

"이렇게 막 섞어놨어요. 플라스틱이랑 종이랑 다 한데 묶어서."

여자는 쓰레기를 더 헤집어놓고 있었다. 나는 근처에 대학이 있어서 들고나는 하숙생들이 많다, 옥상엔 중국인도 산다, 집주인이 여기 살질 않아서 쓰레기 관리가 안 된다, 누가 이사 오면 그때마다 설명하긴 하는데 그래도 잘 안 된다는 것을 강조했다.

"전에 살던 집에서는 매번 큰 싸움이 났어요. 얌체를 잡겠다고 쓰레기를 풀어서 현관 앞에 가져다놓으면 그 쓰레기가 또 남의 집 현관에 가 있고, 그렇게 옮겨다니다가 터지고 냄새나고 장난이 아니었어요. 이 정도는 양반이에요."

여자는 벌어진 음식물 쓰레기통에 박힌 병과 커피 컵을 바닥에 쏟고는 "이건 못쓰겠네" 하며 발로 밟아 찌그러뜨렸다. 쓰레기통에 고여 있던 음식물의 시큼한 냄새가 확 덮쳤다.

"이런 냄새가 집으로 들어온단 말이에요. 애들이 냄새난다고 하도 지랄을 해서 내가 치우는 게 낫겠다 싶어서 맨날 일을 만들어요. 아, 이건 쓸 수 있겠다."

여자는 락앤락 통과 플라스틱 컵을 들고 물기를 털어냈다. 말이 많은 여자로군. 나는 속으로 생각했다. 계단을 올라가는데 여자가 "언니?" 하고 불렀다. 초인종처럼 울려대는 언니라는 부름에 뒤를 돌아보았다. 여자는 시장 갔다 오는 거냐고 물었다. 나는 고개만 끄덕였다.

"다음에는 저랑 같이 가요, 언니!"

대답하고 싶지가 않았다. 언제 봤다고 자꾸 언니라고 불러대는지 이번에는 화가 났다. 시장 주머니를 내려놓고 소파에 주저앉았다. 시장에 같이 가자고? 나는 이 기분이 뭔지 몰라 벌떡 일어났다. 장 본 것들을 냉장고에 넣고 커피를 내리고 다시 소파에 앉았다. 자꾸 손을 사용해 말을 하는 여자의 낯선 화법이 떠올랐다. 주방 쪽 턱에 올려놓은 꽃기린이 눈에 들어왔다. 저 통도 쓰레기통에서 주웠을 거야. 갖다 버릴까. 나는 여자가 준 화분을 들었다 놓았다. 어디다 버려야 할지 그걸 알 수 없었다.

잠깐 졸았다고 생각했는데 시계를 보니 아이가 올 시간이었다. 서둘러 웃옷을 걸쳤다. 횡단보도 맞은편에서 아이가 손을 흔드는 것이 보였다. 나도 손을 흔들었다. 그런데 아이 뒤쪽에서도 누군가 내 쪽을 향해 손을 흔들었다. 눈을 가늘게 뜨고 목을 빼고 보니 아침에 만났던 아래층 여자였다. 나는 얼른 손을 내렸다. 아이를 제외하고 손을 들어 인사를 하는 일이 오랫동안 잊고 있던 일처럼 어색했다. 아이의 담임 선생님은 횡단보도 중간까지 아이들과 걷다가 되돌아갔다. 담임 선생님과 눈을 맞추는 타이밍을 놓쳐 나는 선생의 뒤통수에 대고 넙죽 인사를 했다.

"엄마, 뭐 해?"

아이가 길에다 인사를 하는 내 모습을 보고는 웃어댔다. 건너편에서 아래층 여자가 담임 선생님과 이야기하는 것이 보였다.

"현아, 아랫집에 이사 온 키 작은 그 애는 왜 안 보여?"

나는 여자가 하던 것처럼 손을 사용해 말을 하고 있었다. 아이도 재미있다는 듯 내 손짓을 따라 하며 자기보다 키가 작은 그 애의 머리를 풍선처럼 부풀리며 말했다.

"전학 온 애? 선생님이 남으라고 했어. 근데 걔, 머리도 대따 크다."

누가 들을까 봐 주변을 둘러보며 손가락을 입에 가져다댔다.

"쉿, 그런 말 하면 안 돼. 근데 왜 남으라고 했는데?"

"왜 안 돼? 진짜 머리가 큰데. 엄마, 걔 형아, 아니 오빠는 걔보다 머리가 더 커, 웃기지?"

나는 눈을 흘겼다.

"걔 머리만 큰 줄 알았는데 눈도 대따 커. 머리가 크다고 애들이 놀렸는데 걔가 갑자기 막 울었어. 걔 뒤에 있는 애들은 칠판이 안 보인대. 그래서 맨 뒷자리로 갔거든. 정말 머리가 커서 애들이 대갈장군이라고 불렀는데, 그때부터 눈물이 펑펑 나왔어. 눈이 크면 눈물도 많이 나오는 거야?"

"친구 놀리는 거 아니라니까."

"눈이 큰 걸 크다고 하는 게 왜 놀리는 거야? 나도 눈이 컸으면 좋겠는데. 엄마가 먼저 키 작다고 놀렸잖아."

아이는 입을 삐죽이다가 친구를 부르며 포르르 뛰어갔다.

*

여자는 내가 가는 곳마다 눈에 띄었다. 아침에는 녹색어머니회 복장을 갖추고 깃발을 들고 자리를 옮겨다녔다. 학교 급식 도우미를 신청했는지 점심 배식도 하고 있었다. 거기다 아이들 하교 지도를 할 때는 교문 앞 신호등 없는 교차로에서 호루라기를 불며 아이들이 건널 수 있도록 차도로 나가 차를 세웠다. 녹색어머니회 엄마들이 모인 자리에서는 어느새 학교 관련 일을 하나씩 다 맡고 있는 여자에 대해 수군댔다. 녹색어머니회에서는 전교생 엄마들이 한 학기에 두세 번씩 차례가 돌아가도록 계획을 하는데 그날 참석하지 못하면 비공식적으로 만 원을 내게 되어 있었다. 아침에 한 시간 수고하고 만 원을 벌 수 있으니 커피값이라도 하려고 빈자리를 채우려는 엄마들이 많았다. 녹색어머니회 회장은 자기가 아는 엄마들 위주로 비는 자리가 있으면 불러냈는데, 아랫집 여자는 언제 녹색 회장과 안면을 튼 건지 내가 볼 때마다 나와 있었다.

아이 입학으로 분주했던 삼월이 가고 화단 가꾸기를 하는 날이 되었다. 시간이 되는 엄마들은 참석 바란다는 공문이 왔다. 총회 이후 학교의 공식 행사이니만큼 일하는 엄마들도 월차까지 쓰고 나와 있었다. 한껏 멋을 부린 엄마들 사이로 급식실에서 뛰어오는 여자가 보였다. 아이들처럼 커다란 가방을 메고 있었다. 하교 지도까지 하려면 참석하지 않아도 되는데 여자도 얼굴도장을 찍고 싶은 모양이었다. 여자는 늦게 왔다고 허둥대며 면장갑부터 챙기고 나서 팬지와 데이지 모종을 들고 이미 짜인 반별 조에 끼어들었다. 여자가 움직일 때마다 가방에 꽂힌 녹색 깃발이 펄럭였다. 여자의 움직임과 여자가 가는 곳마다 터지는 웃음은 나를 끌어당겼다. 사람들이 웃을 때는 상황을 모르는 나도 같이 웃음이 흘렀다.

"자기 아까부터 왜 그래?" 민지 엄마가 내 어깨를 툭 쳤다. "그냥 웃음이 나오네. 나비 같지 않아?" 나는 여자 쪽을 턱으로 가리켰다. 민지 엄마는 "나비도 다리가 짧긴 하지. 저 엄마, 남편이 없는 것 같지?" 하고 물었다. 나는 아이에게 한 것처럼 누가 들을까 봐 눈을 흘겼다. 한참 교감과 인사를 나누던 예진이 엄마가 우리 쪽으로 걸어오며 여자와 우리를 번갈아 보았다.

"자기네 아래층에 산다면서? 그런 거야?"

예진이 엄마는 면장갑에 묻지도 않은 흙을 털어냈다.

"그런 게 뭐야?"

"애들 아빠가 없는 거냐구. 같은 집에 살잖아. 오고가는 거 다 보일 거 아니야."

관심 없는 척하며 벌써 사는 곳까지 알아낸 것도 얄미운데 예진 엄마는 은근히 나를 깔보며 같은 집에 산다는 걸 강조했다.

"남편을 보지는 못했는데, 밤에는 아래서 담배 냄새가……."

나는 말끝을 늘였다. 여자는 화단 한쪽에 버리려고 모아놓은 모종들을 가리키며 학생회장 엄마와 뭔가를 이야기하고 있었다. 다른 엄마들도 모여들었다.

"주방 쪽으로 담배 냄새가 올라오더라고. ……그래도 저렇게 열심히 살잖아. 밤에는 노래……."

여자의 노랫소리에 대해 말하려는데 예진이 엄마가 "열심이긴 하지. 저 봐, 벌써 학생회장 엄마한테도 언니라고 하는 거." 하며 말을 잘랐다. 예진이 엄마는 다른 엄마들과 먼저 얘기가 오간 듯 "내 말이 맞지?" 하며 여자에 대해 이야기하고 있다고 눈짓을 보냈다.

내가 흘리듯 한 말이 엄마들 사이에서 축구공처럼 튀어 다녔다. 엄마를 기다리는 애들은 간만에 신이 난 듯 운동장을 뛰어다니고 있었다. 운동장 한쪽에는 아랫집 큰애가 계단 쪽에 골을 넣으며 혼자 공차기를 하고 있었다. 다른 아이들이 골대를 차지하고 있어서 끼어들지 못한 모양이었다. 민정이 엄마가 "쟤가 큰 앤가 보네. 근데 다리 짧은 것도 유전이 되나?" 하고 툭 던졌다. 다들 웃었지만 나는 내가 뱉은 말들을 주워 담지 않으면 안 될 것 같아 조급해졌다. 나는 예진이 엄마를 보며 "남편이 있는지 없는지는 모르는 거지" 하고 발을 뺐다. 아이들과 어울리지 못하는 것은 예진이도 마찬가지여서 화단 한쪽에서 기다리던 예진이가 엄마를 재촉했다. 예진이 엄마는 내게 "자기가 먼저 남편이 없다고 말했으면서"라며 예진이를 향해 "아직 더 해야 해" 하고 소리쳤다. 다른 엄마들도 네가 남편이 없다고 말했잖아, 라는 눈빛을 보냈다. 궁금했던 것을 얻었으니 그게 사실인지 아닌지는 상관없는 것 같았다.

"저 엄마, 버리는 모종을 다 싸가려나 봐. 저걸로 뭘 하려고 그러지?"

민정이 엄마가 말했다.

"급식실 도우미를 하는 것도 남는 음식을 싸가려고 하는 것 같더라. 먹고살려니 어쩌겠어."

민지 엄마가 예진이 엄마를 쳐다보았다.

"원래 학교 급식 남은 건 밖으로 나가면 안 되는 거 알지? 남으면 다 버리는 거야. 김치도."

"김치도?"

"아까워도 그날 남은 음식은 버리는 게 맞아. 지역 아동센터에 보냈다가 탈이 난 적도 있다잖아."

"우리 큰애들 때는 급식 도우미 아주머니들이 다 싸갔잖아."

고학년에 큰애들이 있는 예진이와 미진이 엄마가 말을 주고받았다.

"하나는 알고 둘은 모르네. 남은 음식을 자기들끼리 다 싸갔다가 난리가 났었잖아. 애들은 급식 아줌마들이 반찬을 조금밖에 안 준다고 투덜대는데, 지들은 남겨서 챙겨가니까. 그때 4학년 엄마 중에 하나가 교육청에 투서를 넣었잖아."

"그런 일이 있었어? 그래서 급식 도우미를 봉사로 안 하고 엄마들 중에 신청 받아서 돈을 주고 하는 거구나. 근데 저 엄마, 밤에 반찬도 파는 것 같던데, 혹시 봤어?"

"지하철역 앞에서 맞지? 밤에 혼밥 하는 사람들 사가라고 가정식 반찬이라고 펼쳐놓고 팔더라고. 내가 잘못 본 줄 알았는데, 자기도 봤구나."

"그럼 학교에서 남은 거 가지고 나가서 파는 거야?"

"저 가방 불룩한 거 봐봐."

엄마들이 말을 주고받는데 여자가 우리 쪽으로 걸어오며 "어며, 언니! 아까는 찾아도 안 보이더니 언제 오셨어요?" 하며 내 옆으로 다가왔다. 다들 서둘러 입을 닫았다. 여자의 손에는 모종판이 들려 있었다. 모종판에는 허리가 꺾이고 잎이 시든 모종들이 듬성듬성 박혀 있었다. 내가 먼저 와 있었다고 말하려는데 예진이 엄마가 "한집에 산다더니 둘이 친한가 봐요" 하고 끼어들었다.

"그럼요. 우리 언니예요."

여자는 모종을 내려놓고 내 팔짱을 끼며 "그렇죠?" 하고 눈을 찡긋했다. 나는 팔이 빠지도록 뒤로 물러섰다. 여자는 멋쩍은지 뒷목을 긁었다. 예진이 엄마는 이렇게 만났으니 카페라도 가자고 같은 반 엄마들을 부추겼다. 여자는 자기는 하교 지도를 해야 한다며 엉덩이를 빼고 팔자걸음으로 교문을 향해 걸어갔다. 나비가 아니라 오리 같은데, 민지 엄마가 나를 툭 치며 웃었다. 우리가 길을 건너자 여자는 녹색 깃발을 펴고 차도로 나가 차를 세웠다.

*

계절이 언제 왔다 갔는지 입학으로 바쁘던 봄이 지나고 여름이 오고 있었다. 장마가 시작되려는지 사나흘에 한 번씩 비가 쏟아졌다. 비가 멈춘 틈에 저녁거리를 사러 시장을 돌고 있었다. 앞쪽에서 공을 가지고 노는 아랫집 애들이 보였다. 시장길인데도 한쪽은 밀고 한쪽은 차면서 사람들 사이를 요리조리 피해가고 있었다. 지나가던 할머니가 바짓단에 축구공이 닿자 아이들을 불러 세웠다. 장바구니를 든 여자가 얼른 가서 할머니의 옷자락을 터는 것이 보였다. 나는 못 본 척하고 그 옆을 지나갔다.

"언니!"

조금 있어 뒤쪽에서 여자가 내 짐을 낚아챘다. 혼이 난 아이들은 벌써 앞서 가고 있었다. 나는 뺏긴 장바구니를 향해 손을 뻗었다.

"나 언니한테 할 말 있는데……."

나는 멀뚱히 여자를 쳐다보았다.

"나 남편 있어요."

시장바닥에서 툭 던진 말치고는 뼈가 있었고, 나는 찔리는 게 있어서 뭐라고 대꾸해야 할지 몰라 허둥댔다. 아무 말이 없자 여자는 "남편은 있는데 지방에 있어서 자주 못 봐요" 하고 말했다. 짐을 돌려 달라고 하니 여자는 자기 짐인 것처럼 몸을 돌리고는 장 본 것들을 들여다보았다.

"요즘엔 뭐 해 먹어요?"

여자의 말에 대꾸를 해야 하는데 여자는 자기 말만 던져놓고 내가 말할 틈도 주지 않고 화제를 바꿔버렸다.

"그게 아니라…… 그거 이리 줘요."

"그게 아니라가 무슨 요리예요? 생선? 스테이크?"

여자는 웃기지도 않은 말장난을 하며 혼자 킥킥 웃었다. 짐을 달라고 몇 번이나 손을 뻗었지만 여자는 짐을 뺏기지 않겠다는 듯 나보다 한 발 앞서 걸어갔다. 여자의 팔자걸음은 먹이만 보고 돌진하는 거위처럼 빨랐다. 여자를 따라 걷는 것만으로도 숨이 찼다. 아이들은 문 앞에서 기다리다가 여자가 보이자 공을 차는 흉내를 내며 손가락으로 언덕 위 공터를 가리켰다. 여자는 "저녁 먹을 거니까 멀리 가지 마" 하고 첫날과는 다른 기운 빠진 목소리를 던졌다. 대문 앞에서 여자가 짐을 돌려주며 고개를 숙였다. 여자의 정수리 말고 뒷목 위쪽으로도 비슷한 크기의 구멍이 뚫려 있는 게 보였다.

"언니 처음 만났을 때도 그랬는데……."

"뭐가요?"

"그게 아니라, 그렇게 말하는 거요."

"그게 어떻게 된 건가 하면요."

"신경 쓰지 마요. 다들 그러는 걸요 뭐. 어딜 가든 나보다 보이지도 않는 남편이 더 궁금한가 봐, 사람들은."

내가 소문을 낸 게 아니라고 말하고 싶었지만 여자는 그런 것쯤은 아무것도 아니라는 듯 고개를 들었다. 계단을 올라가다 여자를 불렀다.

"저기, 내일 우리 집에 와서 차 한잔 할래요?"

여자는 그 말이 나오길 기다린 사람처럼 집으로 들어가다 말고 튀어나와 "정말요?" 하고 까치발을 하며 몸을 늘였다. 그러고는 곧바로 "내일 언제요?" 하고 물었다. 나는 현관 앞에서 아래를 내려다보며 아침에는 녹색어머니를 해야 하니 안 될 거고, 언제가 좋으냐고 했다. 여자는 잠깐 생각하는 척하다가 지금은 어때요, 했다. 나는 저녁 준비를 해야 하고 금방 애 아빠도 오니까 좀 그렇다고 했다. 여자는 “아, 우리 집하고는 다르지” 하며 뒷목을 긁었다.

“그럼, 하교 도우미 끝내고 잠깐 들러도 돼요? 잠깐이면 돼요. 저도 엄마들 차 마시러 갈 때 끼고 싶었거든요.”

여자는 초대를 받은 건데도 거절당할 것처럼 부탁하고 있었다.

다음 날 아이를 피아노 학원에 데려다주고 서둘렀는데도 여자가 현관 앞에 먼저 와 있었다. 여자는 가는 비를 맞으며 중얼거리고 있었다.

“우연인지 몰라도 내가 울고 싶을 때마다 하늘에서 비가 내렸어. 익숙해진 것처럼 비가 올 때마다 내가 울고 있어. 비와 함께 울고 있어. 그 후로 오랫동안 비가 왔어.”

밤마다 들었던 목소리였다. 그러다 “하늘아, 날 도와줘, 내 님이 있는 곳, 너는 쉽게 알 수 있잖아” 하며 두 손을 하늘을 향해 내밀었다. 여자는 스미는 비를 잡고 놓치지 않겠다는 듯 손바닥을 오므렸다. 계단을 오르며 “가수였군요” 하고 여자를 추켜세웠다. 여자는 “가수는 무슨” 하며 손을 저었다.

“저도 방금 왔어요. 그런데…….”

여자는 구멍 뚫린 뒷머리를 긁었다. 현관문을 열고 여자에게 들어오라는 손짓을 보냈다. 여자는 빈집에 꾸벅 인사를 하고는

"진짜 가수 같았어요?" 하고 물었다.

"하늘아, 하는 부분에선 소름이 돋았어요."

나는 칭찬을 얹었다. 여자는 가수라는 말이 듣기 좋은지 자리에 앉으면서 히죽거렸다.

"기타가 있었으면 가수가 될 수도 있었을 거예요. 어, 저건 뭐예요?"

여자는 앉다 말고 안방 문을 타고 뻗은 스킨답서스 쪽으로 걸어갔다. 그러고는 질문한 것을 잊은 것처럼 "이건 물만 먹어도 이렇게 자라나 봐요. 햇빛을 받으니까 연두색이 진짜 이쁘다. 언니네 집은 빛이 정말 잘 들어오네요. 나도 이런 집에 살고 싶었는데. 음, 커피 향도 좋다" 하며 잠시도 입을 쉬지 않았다.

"스킨답서스예요. 얘는 흙보다는 물에서 더 잘 자라요. 근데 자꾸 대답할 타이밍을 놓치게 되네요."

커피를 내리며 얼른 말했다. 여자는 뜬금없이 "언니는 안 그래요?" 하고 물었다. 뭐가 안 그러냐고 물을 새도 없이 "이걸 보고 있으면 저게 보이고, 이걸 얘기하고 있다가도 또 저게 궁금해지고. 한 번에 하나만 하는 사람들을 보면 나는 그게 너무 부러워요" 하며 이야기를 바꿔버렸다. 커피잔을 내밀자 여자는 내 눈동자를 빤히 바라보며 "그런 거 싫어요. 물속에 사는 거. 저거 조금만 잘라줘도 돼요?" 하며 스킨답서스를 가리켰다. 나는 주방 가위를 가져와 가지를 두 개 잘라 여자에게 주었다. 여자는 스킨답서스를 받아들고 "언니 눈동자 참 이쁘다. 하나 더 불러줄까요?"라고 말했다. 나는 여자가 하는 대로 내버려두었다.

"그날 밤, 이슬이 맺힌 눈동자, 그 눈동자. 가슴에, 내 가슴에 남아 외롭게 외롭게 들려만 주네. 안개, 안개, 자욱한 그날 밤거리. 다시 돌아올 날 기약 없는 이별에…… 뭐였지."

"뜨거운 눈물 맺혔나. 고독이 밀리는 밤이 오면 눈동자는, 떠오르는 눈동자, 그리운 눈동자."

나도 모르게 뒷부분을 이어 불렀다.

"아아아아, 그리운 눈동자여."

우리는 합창을 했다. 잠깐 동안 우리는 눈을 맞추고 서로를 바라보았다. 여자의 눈동자 속에 내가 들어 있었다. 이게 뭘까. 나도 이렇게 쉽게 여자를 따라 노래를 부를 줄은 몰랐다. 여자는 내 눈동자에서 무얼 보는 것인지 눈을 떼지 않았다.

"남편은 노래를 하면서 만났어요."

"가수 맞구나? 나도 늦게 결혼했는데 그쪽도 그런가 봐요. 〈눈동자〉를 다 알고."

여자는 또 킥킥 웃으며 "노래방인데" 하며 속았지 하는 표정을 지었다. 노래방 도우미를 했다는 건가. 그런 걸 이렇게 쉽게 말해도 되나 싶어 당황했다. 나는 남편은 언제 오느냐고 물었다.

"사랑을 미워할 순 없잖아요. 모든 게 사랑인데."

여자는 커피를 마시고 취한 것처럼 내 질문을 피했다. 그러다가 앞에 한 말이 생각난 듯 가져다 붙였다.

"내가 가요. 애들이랑 소풍 가듯이 먹을 거 싸서 내가 가요.

……내가 더 사랑하거든요. 지금은 바닷가 마을에……."

여자의 눈동자에 스킨답서스의 연두 잎이 녹아들었다.

"바닷가 마을 어디요?"

"모든 게 사랑인데 사랑을 미워할 순 없잖아요."

일부러 대답을 안 하려는 건지, 대답하기 싫은 말이 나올 때마다 피하는 건지 헷갈렸다. 여자와 대화를 하려면 한 박자를 빼고 여자의 리듬에 들어가야 했다.

"어, 벌써 시간이 이렇게 됐네. 초대해줘서 고마워요 언니."

"벌써 가려고요? 바빠요?"

여자가 좀 더 있어 줬으면 했다. 알 수 없는 감정이었다. 아이들 엄마들이 모이면 으레 시작되는 남편 자랑부터 육아나 학습에 관한 이야기도 없었다. 대화가 오고가는 것도 아니고, 내가 질문을 하면 돌아오는 말도 없었다. 그런데도 여자와 함께 있는 시간은 기분이 나쁘지 않았다. 일방적으로 여자의 말을 듣고 있는데도 지겹거나 짜증이 나지 않았다.

"커피 한 잔의 행복이 이런 거네요. 이제 저녁에 팔 반찬을 준비해야 하거든요."

"맞다. 저녁엔 가정식 반찬도 판다면서요?"

"혼자 밥 먹는 사람들이 많아서 밤에 나가면 순식간에 다 팔려요. 어떻게 아셨어요?"

나는 엄마들한테 들었다고 말하려다 남편이 퇴근길에 봤다고 둘러댔다.

"그러고 보니 언니네 아저씨는 한 번도 못 봤네요."

나는 속으로 움찔했다. 여자도 내 남편을 보지 못한 건 마찬가지구나. 나는 예진이 아빠도, 민정이 아빠도 본 적이 없었다. 그런데 왜 다들 여자에게는 남편이 없을 거라고 확인하고 싶어 했을까. 왜 여자의 노랫소리 대신 담배 냄새가 올라온다고 얘기해버렸지. 엄마들이 보는 앞에서 팔짱을 끼던 여자의 손을 뿌리칠 때 여자도 알았을 텐데. 선을 긋고 싶어 한다는 거. 나는 너와 다르다는 거였는데. 여자는 몇 번이나 봤던 오리 엉덩이를 하며 일어섰다. 나는 다음에 오고 싶을 때 아무 때나 오라고 했다. 여자는 나가려다 말고 몸을 돌렸다.

"언니, 내 이름은 청자예요. 푸를 청을 써요."

여자가 불쑥 자기 이름을 말했다. 그러곤 "근데 왜 청자가 됐는지 알아요?" 하고 물었다. 내가 궁금하다는 표정을 짓자 "글쎄 아버지가 쓸 수 있는 글자가 청자였대요, 웃기죠?" 하며 어깨를 들썩였다.

"출생 신고할 때, 담뱃갑을 꺼내놓고 베껴 썼다나 봐요. 그래서 청자가 됐어요."

여자는 풀어도 풀리지 않는 내력을 어디서 끊어야 할지 모르는 사람처럼 허둥대며 자꾸 멀리, 더 먼 곳으로 떠나는 사람 같았다.

"청자, 이름 이쁘네요. 그럼 이제 청자라고 부를까?"

나는 이 여자에게 내 이름을 말할 수 있는 날이 올까 생각하며 슬쩍 말을 놓았다.

"아니요. 비! 비라고 불러줘요."

"비? 청자라면서?"

"비가 오잖아요. 그 사람이 나를 비라고 불렀거든요. 나 노래방에서 도우미로 노래를 불렀어요. 사람들이 내 꼴이 웃기다고 좋아해줬거든요. 그러다 노래방에서 일하는 그를 만났는데, 그 사람은 나를 비라고 불렀어요. 아버지한테 배운 수화를 그 사람을 통해 듣게 될 줄은 몰랐어요. 그 사람은 내가 수화를 알아들을 수 없다고 생각하고 손가락으로 하늘을 가리키다가 나를 찍고서 그걸 목과 가슴으로 가져가 두 손으로 둥그렇게 쓸더라고요. 당신의 목소리는 비이고, 그 비가 내 가슴에 스민다. 그런 소리 나지 않는 고백을……."

여자의 말 속에는 몇 겹의 이야기가 숨어 있는지, 여자 스스로도 알 수 없어서 그걸 계속 풀어내지 않으면 안 되는 것 같았다. 글자를 못 쓰는 아버지의 말 없는 말이 남편을 만나게 해주었다니, 드라마에 나오는 이야기 같았다. 결혼 후 남편에게 내 이름이 불린 적이 있었던가 생각하니 질투가 나기도 했다. 여자는 손을 사용해 남편이 했다는 고백을 내게 들려주었다. 나는 여자의 손끝에서 풀려나오는 말들을 가만 듣고 있었다. 당신의 목소리는 비이고, 그 비가 내 가슴에 스민다. 여자의 손짓을 보며 속으로 따라 했다. 아무 말도 없는 손짓만으로도 그날의 고백이 내게도 전달되었다.

"언니는 청자라고 불러도 돼요. 언니, 나 오늘 올해 들어 가장 행복했어요. 커피가 너무 맛있어서 그래요. 안 해도 될 말을 많이 했네. 다 잊어줘요."

"올해 들어 가장, 행, 복, 했어요?"

여자의 말은 유행가 가사처럼 유치했지만 어쩐지 진심이 느껴졌다. 어떻게 저렇게 쉽게 사랑이라든지 행복이라는 말을 쓸 수 있을까. 이 사람에게는 내게는 없는 사랑과 행복이 숨어 있는 것 같았다.

"어디 가든 그런 사람들이 있더라고요. 다리가 짧으면 막 대해도 된다는 건 어디서들 배웠는지. 다들 날 함부로 대하거든요. 근데 언니는, 이렇게 초대도 해주고, 커피도 내려주고……."

나는 이제라도 미안하다는 말을 해야 할 것 같았다.

"나 이제 말 놔도 되죠? 미, 미리 반찬 준비하려면 바쁘겠네."

미안하다고 말하려다 말을 놓아버렸다. 대신 미안하다는 손말은 어떻게 하는 거냐고 물었다. 청자는, 아니 비는 스킨답서스를 든 손으로 나를 찍고 자기를 찍은 손가락을 걸고 입술을 두드린 손을 펴 손바닥으로 가슴을 둥글게 문질렀다. 청자는 미안한 건 고마운 말이라서 이렇게도 해요, 하며 아이들이 하듯 두 손을 배꼽에 대고 구십 도로 허리를 꺾고는 아래로 내려갔다.

*

그날은 비가 줄기차게 내렸다. 며칠 동안 쏟아진 비에 외벽으로 물이 스며들어 건물 전체가 물난리였다. 옥탑방은 창틀 틈으로 비가 새서 벽지가 다 젖었다고 했다. 3층에 있는 대학생들은 옥상 바닥 방수를 한 지 오래되어 주방등 아래로 물이 똑똑 떨어진다고 했다. 그나마 2층인 우리 집은 곰팡이 슨 자리로 물기가 조금 번지는 정도였다. 그런데 청자네 집은 달랐다. 다른 집이 물난리일 때는 괜찮다가 집주인이 상태를 보고 간 다음 날 밤새 물을 퍼 나르는 소리가 들렸다. 아침에 아이를 학교에 보내고 가 보니 청자가 주방에 쪼그리고 앉아 담배를 피우고 있었다. 안쪽을 보니 물이 덜 빠진 갯벌처럼 수건이 널려 있고 축구공이 둥둥 떠다녔다.

"주인이 어제 집 상태 보고 가버렸는데 다시 오라고 해야겠다. 이 정도일 줄은 몰랐네."

청자는 담배연기를 길게 내뿜으며 아무 말이 없었다.

"내가 불러줄까?"

그래도 말이 없었다.

"물이 들어찬 게 아니네. 바닥에 어디 파이프가 터진 거 같아. 책상다리까지 다 잠겼잖아. 청자야, 왜 이러고 있어?"

청자는 담배를 물고 맨발을 허벅지에 올려 손가락으로 주물렀다.

"어디 다쳤어? 다친 거야?"

청자는 아무 말도 하지 않다가 내 눈동자를 들여다보며 노래를 부르기 시작했다.

"저 언덕 너머 어딘가, 그대가 살아 있을까. 계절이 숨어온 시간이란 더미에 너와 나 외로운 사람. 바람이 닿는 여기 어딘가."

밤마다 들리던 설명할 수 없는 목소리였다. 이런 모습으로 노래를 부르고 있었구나. 다시 고개를 숙이고 발가락을 주무르는 청자의 머릿속 빈자리에서 반복되는 노래가 흘러나왔다.

"청자야, 그러지 마. 우선 이거부터 좀 치워 보자 응?"

넋을 놓은 사람처럼 멍한 청자를 보는 것이 불안해서 다그쳤다.

"나는 크면서 애들이 하도 놀려서 청자가 너무 싫었어. 아버지는 벙어리인데다 뭘 잘못 먹은 건지 키는 더 자라질 않고, 이름도 청자가 뭐야. 나는 다 싫었어. 그 굴레에서 벗어나면 어떻게든 살아지겠지 해서 집을 나왔는데, 돌고 돌아서 노래방밖에 갈 데가 없는 거야. 거기선 청자가 아니어도 됐거든요. 그런데 거기서 아버지의 벙어리 말이 그를 만나게 해줄 줄 어떻게 알았겠어. 인생은 참 웃겨. 그와 만난 이후에는 그가 손으로 불러주던 비도 좋았지만 청자라는 이름이 싫지가 않더라고. 손바닥 뒤집듯이 한 번에 그렇게 바뀌더라고요. 그와 같이 있을 때는요, 그 사람이 내 발을 밤마다 주물렀어요. 이렇게."

청자의 맨발은 밤새 물에 불어 허옇게 뜨고 쭈글쭈글해져 있었다.

"이런 커다란 엄지발가락은 본 적 없죠?"

청자는 몸을 틀어 자기 발을 보여주었다.

"나는 다리가 짧은 것보다 이게 더 창피했어. 여기에 내 키가 숨어 있는 것 같았거든. 그래서 그 사람한테는 절대로 보여주기 싫었는데, 그 사람은 내 발이 자기 손만 하다고 대보고는, 발가락 사이에 손가락을 넣고 꾹꾹, 약속할 때 손가락을 걸잖아요. 그럴 때처럼 이렇게."

청자는 엄지발가락에 자기 손가락을 끼웠다.

"발가락이 기억하는 건지 손이 기억하는 건지 모르겠는데, 잠깐 이대로 죽어도 좋다 싶었는데······ 언니, 그 사람은 도대체 어디 있는 걸까요?"

"바닷가 마을에 있다고 했잖아. 애들이랑 같이 자기가 보러 간다고."

"없어. 거기도 없어요. 없어져버렸어. 석 달만 일한다고 했는데. 이번에는 제주에서 집 짓는 일을 한다면서 석 달 동안 있다 올 거라고 했단 말이에요. 일이 끝나면 애들이랑 가서 우리도 가족여행이라는 걸 하자고 했단 말이에요. 그런데 안 와요. 가족여행을 해야 하는데, 그 사람만 없어져버렸어."

청자는 그 잠깐도 참지 못하겠다는 듯, 남편이 있다는 걸 증명이라도 하듯 노래를 부르기 시작했다. 노래방에서 불렀다던 그날의 노래였을까. 청자가 갑자기 노래를 멈추고 눈을 동그랗게 뜨며 나를 쳐다보았다.

"그런데 언니, 그 사람은 어떻게 내 목소리를 들었던 걸까요?"

내가 대답할 새도 없이 청자는 물 찬 방으로 터벅터벅 걸어 들어갔다. 한 번도 들어 본 적 없는 목소리가 그 방에 있는 것처럼 무언가를 찾고 있었다. 창틀에는 내가 준 스킨답서스가 노래를 먹고 자란 것처럼 위로 뻗어 있었다. 스킨답서스는 물만 먹고는 살 수 없다는 청자의 고집처럼 모종이 있던 흙에 담겨 있었다. 아이들이 차고 놀던 공이 내 쪽으로 다가왔다. 나도 바지를 걷고 물이 찬 방으로 들어갔다. 청자가 물 위에 뜬 공을 발로 건드렸다. 나도 공을 톡 건드렸다. 맨발에 차가운 고무 느낌이 전해졌다.

"내 이름은, 내 이름도 춘자야. 봄 춘 자를 써. 나도 내 이름이 싫었어. 숨기고 싶더라고."

왜 그런지 모르겠지만 공을 차면서 내가 말했다. 청자가 자기 쪽으로 온 공을 톡 건드렸다.

"공이 오면 차야지."

내가 더 세게 공을 찼다. 텀벙, 공이 위로 떴다가 물을 튕겼다. 물 위에 물방울이 떨어졌다. 청자는 공을 받아치다 미끄러져 방바닥에 주저앉으며 웃어댔다.

"춘자래. 청자랑 춘자. 우리 둘을 합치면 청춘이네."

청자의 엄지발가락이 물을 뚫고 올라왔다. 나도 방바닥에 앉았다. 나는 청자에게 배운 말을 전해주고 싶었다. 가슴을 먼저 문지르고 나를 찍고 청자를 찍은 손가락으로 미음과 이응을 연결했다. 내 손 모양을 보던 청자가 손바닥을 뒤집어 물을 쳐내며 노래를 부르기 시작했다. 저 언덕 너머 어딘가, 그대가 살아 있을까. 노래는 부르지만 소리는 들리지 않았다. 너와 나 외로운 사람. 바람이 닿는 여기 어딘가. 창밖으로 또 한차례 비가 쏟아지기 시작했다. 위층에서는 아무도 창을 소리 내 닫지 않았다. 손으로 부르는 청자의 노래는 물 찬 방으로 비처럼 떨어졌다. 차지도 않은 공이 우리 둘 사이에서 출렁였다.

파란 발자국

열두 시가 지나면 약국이 문을 닫는다. 문구점이 문을 닫고 모퉁이에서 과일을 싣고 멈춰 있던 트럭이 시동을 건다. 의자 두 개가 놓인 구두수선 가로매점은 언제 닫혔는지 모르게 자물쇠를 달고 있다. 그 옆에 붙어 종일 차가운 알을 꺼내듯 요구르트를 꺼내던 유니폼을 입은 아줌마도 보이지 않는다. 세계은행 불빛은 꺼지고 사계절 옥수수를 삶는 아저씨도 가로매점을 닫는다. 열두 시가 넘으면 지상으로 달리던 지하철이 운행을 멈추고, 막차를 타고 전 역에서 내린 사람들이 한 정거장 정도는 걸어야 술맛이 난다는 듯 술집을 찾는다. 문은 닫히고 불빛은 꺼지지만 밤이면 떠도는 집들이 잔별처럼 깜빡인다. 세계는 너무 좁아 낮과 밤이 교대하며 밤 속에 낮을 세 들게 하고 시간을 뒤섞으며 논다.

간판이 많은, 밤에 가장 밝은 동네에 살면 열대야를 피해 한밤중에 카페에 올 수 있다. 에어컨도 없이 일하기에는 낮이 너무 덥다. 낮 동안 쌓아둔 일감을 들고 카페에 들어선다. 콘센트가 있는 자리를 살핀다. 테이블이 넓은 자리를 찾는다. 둘이나 셋씩 모여 떠드는 자리는 피한다. 콘센트가 있으면 시끄러운 사람들이 있고 테이블이 넓으면 콘센트가 없다. 창 쪽으로 난 의자 다리가 높은 1인 테이블에 앉는다. 다리가 뜬다. 노트북을 꺼내 왼쪽에 이어폰 잭과 충전기, 마우스 선을 꽂고 오른쪽에 유에스비를 꽂는다. 노트북에 깔린 사할린 겨울 숲에 불이 들어온다. 진회색의 자작나무 숲에서 누군가 걸어온다.

낮에 보다가 덮어놓은 계간지 교정지를 꺼낸다. 빨간 플러스펜을 꺼내고 형광펜과 연필과 포스트잇을 꺼내 교정지 옆에 놓는다. 교정 글자에는 빨간색이, 인용구에는 형광펜이, 확인해 봐야 할 것들에는 포스트잇이 붙고 연필이 지나간다. 누구는 '터이다'를 자주 쓰고 또 누구는 '것이다'를 자주 쓴다. 필자의 약력을 본다. 50년대 생과 60년대 생 필자다. 10년 사이에 무슨 일이 있었던 것일까. '것이다'의 교정지에서 오자가 보인다. 문재인이 문제인으로 적혀 있다. 정확히 틀린 글자가 있는 교정지는 반갑다. 누군가 발견하기를 기다리는 실수다. 내가 못 찾을 줄 알았죠? 나는 숨겨놓은 보물을 찾은 듯 흐뭇하다. 당신도 무척 더웠군요.

인터넷을 클릭한다. 한 남자의 사진이 있다. 웃고 있다. 환하다.

원칙주의자로군. 몸은 그곳에 있지만 눈빛은 먼 곳을 돌아 자신을 향하고 있다. 부지런하고 착하지만 회의주의자로군. 돌고래. 돌고래 눈. 아니면 가오리. 가오리가 좋겠다. 나는 한 번도 가오리가 물을 박차고 뛰어오르는 것을 본 적이 없다. 물 밖은 물론이고 물속에서 헤엄치는 것을 실제로 본 적도 없다. 그런데도 나는 가오리가 헤엄치는 장면을 기억하고 있다. 어릴 때 어느 다큐멘터리에서 보았던 가오리의 헤엄치는 장면은 물고기들의 지느러미를 날개로 바꾸어놓았다. 가오리는 헤엄친다기보다는 바닷속에서 날아다니는 새였다. 시간이 입혀진 상상은 더욱 커져 새들을 헤엄치게 만들기도 하는데, 그러면 내가 있는 곳은 푸른 물결이 서로를 파고드는 물속이 된다.

한 남자의 사진이 있다. 나를 보고 웃는다. 환한 웃음이 눈가에 맺혀 있다. 그 웃음이 착하고 그 착함 속에는 왠지 모를 우수가 있다. 한 가지 일을 오랜 한 사람의 고단함일까. 그 고단함을 작품을 통해 발견하는 자의 웃음일까. 움직이는 영상은 그 동적인 힘에 의해 시선을 배제하곤 한다. 가오리를 찍은 감독은 가오리의 시선 따위는 중요하지 않았겠지. 가오리와 눈이 마주치지도 않았을 것이다. 다만 그 옆에서 그의 동적인 움직임을, 그가 받은 인상만큼이라도 전달하려고 카메라를 들었을 것이다. 그러나 사진은 그 움직임을 포기함으로써 시선을 얻기도 한다. 내가 보는 사진 속의 그는 무엇을 보고 있을까.

한 사람의 자취가 주변을 돌아온다. 한동안 다큐멘터리 작업을 했다는 후배를 통해 오고, 백혈병으로 투병 중인 선배를 통해서도 오고, 사랑하는 사람을 통해서도 온다. 누군가의 형이었고 동료였고 친구였고 동지였으며 그들 모두의 시선이었던 사진 속 그가 나를 쳐다보고 있다. 나는 그를 모른다. 모르는 그가 사진을 통해서도 내게 전달되는 이 이상한 감각을 나는 뭐라고 불러야 할지 모른다.

그가 작업했다는 다큐멘터리 하나를 열어 본다. 밤에 어디서든 볼 수 있는 노숙자가 카메라를 보고 있다. 그의 등에는 태극기가 외투처럼 걸쳐져 있다. 카메라는 묻는다. 왜 태극기를 등에 걸치고 있나요. 노숙자는 '한국'과 '사람' 사이에서 비죽 웃는다. 노숙자의 발음은 앞부분이 불투명하고 몇 개의 단어가 튀어나오다 뒤로 갈수록 흐려진다. 누군가와 대화를 해본 경험이 낯설지만 피하지도 않는다.

가장 하고 싶은 말이 뭐예요?

카메라가 남자의 말을 더 끄집어낸다.

어린아이들에게 모든 마음을 전달해주고 싶습니다.

카메라는 그의 동작과 표정을 훑으며 그의 말을 송출한다. 남자는 오래 준비해둔 것처럼, 누군가 물어주기를 기다렸다는 듯이 몸에 밴 가락을 풀어낸다.

우리들 마음에 빛이 있다면 여름엔 여름엔 파랄 거여요. 산도 들도 나무도 파란 잎으로 파랗게 파랗게 덮인 속에서…….

카메라가 그가 앉은 자리를 비춘다. 남자는 슬리퍼를 벗어놓고 신문지 위에 앉아 노래를 부른다. 카메라가 멀어지며 노랫소리가 퍼진다. 산도 들도 나무도 파란 잎으로, 남자를 둘러싸고 파란 그림자가 비친다. 파랗게 파랗게 덮인 속에서, 거리 전체가 남자의 방이 된다.

다큐멘터리 화면을 정지하고 교정지를 붙잡는다. 한 미술비평에 '안녕(安寧)'과 '미안(未安)'에 대한 설명이 있다. 안녕은 『시경』에서 쓰인 말이고 『장자』에도 "천하의 안녕을 바라며 백성의 목숨을 살린다"는 구절이 나온다. 저자는 안녕이 흔한 인사말이 아니라 적극적인 '평화'를 뜻하는 말이라고, 그러니까 미안은 안녕이 부족한 것, 평화가 지켜지지 않는 상태를 뜻하는 말이라고 한다. 누군가 만나고 헤어질 때마다 했던 말, 안녕과 미안이 평화를 구하는 말이었구나. 플러스펜 뚜껑을 입에 물고 멈춰 있는 화면을 쳐다본다. 사람이 살아가면서 가장 많이 하는 말과 듣는 말은 뭘까?

안녕? 사랑해. 미안해. 안녕!

내가 묻고 내가 대답한다. 누군가와 만났을 때, 헤어졌을 때도 시간이 지나 남는 것은 사랑해와 미안해가 아니었을까. 평화는 꽉 찬 사랑으로, 그것으로 모자랄 때는 미안했지. 어디서 왔을까, 저런 파란 그림자는.

담배를 피우려고 밖으로 나온다. 맞은편 악어떼 노래방에서 춤추는 사람들의 등이 보인다. 2층 창에 붉고 파랗고 노란 빛이 둥글게 원을 그리며 섞인다. '외롭다'는 단어가 스친다. 외롭다는 세상에 하나 남은 짝을 잃은 새의 이름으로 온다. 두 시가 지나가는데, 집에서 나와 집으로 돌아가는 건 슬퍼, 슬픈데 돌아갈 수 없다는 건 더 슬프지. '외롭다'는 한 사람의 자취에 기대어 떠다니는 불빛의 춤으로 온다. 열대야의 한밤중에 불현듯 온다. 아무도 오지 않고 아무도 가지 않는 방을 떠도는 노숙자의 노래로 온다. 안녕을 채워주려는 듯 나방 한 마리가 나를 따라 카페로 들어온다. 들어와 테이블마다 돌아다닌다. 교정지 위로 나방의 그림자가 돌아다닌다. 조명을 받아 파란 조각들이 날아다닌다.

창밖으로 자전거가 지나가다 멈춘다. 스포츠 모자를 쓰고 하얀 티에 반바지를 입은 열여섯 혹은 열여덟쯤 된 소년이 내린다. 소년의 자전거 뒤에는 빈 플라스틱 박스가 묶여 있다. 청소차가 오기 전, 그러니까 새벽, 새벽의 두 시 반, 소년은 누군가 묶어서 내놓은 쓰레기 봉지를 푼다. 빈 술병을 꺼내고 빈 커피 컵을 꺼내고 빈 깡통을 꺼낸다. 소년은 비어 있는, 빈 것들만 꺼내 자전거 뒤의 빈 박스에 싣는다. 빈 박스에 빈 깡통이 들어간다. 빈 술병이 들어간다. 빈 종이들이 들어간다.

너는 그걸로 뭘 사고 싶니?

나는 오늘 아무와도 이야기하지 않은 것처럼 뒷말을 흐린다. 빈 글자를 골라내는 나는 에어컨이 사고 싶단다. 소년은 면장갑을 벗어 빈 것들 위에 던지고 자전거 안장에 오른다. 속이 꽉 찬 것들은 필요 없다는 듯 빈 것들로 채워진 소년의 자전거가 간다. 교정지에서 뽑은 누군가의 실수도 테이블 위에 쌓인다. 소년은 내일도 빈 병을 찾으러 이곳으로 오겠지. 밤의 밖은 검지 않고 파랗다. 빈 것들이 파랗게 밤을 물들인다. 소년이 지나간 자리에도 남자의 것과 같은 파란 그림자가 어린다.

에어컨을 얼마나 튼 건지 소름이 돋는다. 가방에서 덧옷을 꺼낸다. 새벽 네 시 반, 이어폰을 빼고 다큐멘터리를 닫는다. 노트북 창을 닫는다. 코드를 뽑고 유에스비를 필통에 담는다. 노트북 전원을 끄자 자작나무 숲 사이로 한 사내가 걸어 들어간다. 카페 직원이 테이블마다 돌아다니며 청소를 한다. 카페를 둘러본다. 들어올 때 보았던 사람들은 아무도 없다. 나방도 보이지 않는다. 떠 있던 발이 바닥을 밟는다. 직원은 내가 보이지 않는지 옆으로 와 테이블을 닦는다.

카페를 나와 소년이 지나간 길을 걷는다. 폐지를 모으는 리어카와 유모차가 엉켜 있다. 허리가 구십 도로 꺾인 칠십 대 할머니와 앞치마를 두른 육십 대 할머니가 삿대질을 한다. 너 어느 동네에서 왔어. 앞치마 할머니가 손가락으로 허공을 찌른다. 넌 몇 살인데 반말이야 이년아. 허리가 굽은 할머니가 개를 쫓듯 한 발로 바닥을 쿵 치며 맞장구친다. 것이다와 터이다는 없다. 요구르트 아줌마가 오기 전, 구두수선 가로매점이 문을 열기 전, 약국이 문을 열고 문구점이 문을 열기 전, 술 취한 사람들이 출근하기 전에도 거리는 분주하다. 저쪽에서 청소차가 오고 있다. 아무 소리도 들리지 않는 이어폰에서 배경처럼 노랫소리가 밀려온다.

가장 하고 싶은 말이 뭐예요?

사진 속 남자의 시선은 언제 어떻게 내게로 건너왔는지, 나는 나방의 날갯짓처럼 낮은 허밍으로 그 리듬을 따라 부른다. 우리들 마음에 빛이 있다면 겨울엔 겨울엔 하얄 거여요. 청소차에 놀란 비둘기들이 난다. 산도 들도 지붕도 하얀 눈으로 하얗게 하얗게 덮인 속에서. 헤엄치는 비둘기의 그림자를 청소차가 쓸고 간다. 파아란 하늘 보고 자라니까요. 뒤를 돌아본다. 모든 뒷모습은 그를 지켜보는 사람들에게 파란 발자국을 남긴다. 누군가 보고 있는 자리, 처음처럼 다시 안녕이라고 말하고 싶은 자리, 다큐멘터리 감독의 카메라가 지키고 있던 미안의 자리, 그런 자리마다 새벽의 파란 그림자가 퍼져나간다.

펑

불꽃놀이가 시작된 모양이었다. 부엌 창으로 붉고 노랗고 푸른 빛들이 비쳤다. 미진은 무를 네 조각으로 잘라 육수에 넣으며 고개를 숙여 밖을 내다보았다. 불꽃은 저녁의 구름을 조각내며 동심원을 그리다 비처럼 떨어졌다. 앞 건물 옥상에 가족들이 나와 있었다. 캠핑용 의자에 앉아 한강 쪽을 바라보던 아이들이 자리에서 일어나며 소리를 질렀다.

"펑펑. 펑."

네다섯 살의 아이들이 손바닥을 펴고 깡총거렸다. 갓 걸음마를 시작한 기저귀를 찬 아이도 도토리처럼 큰애들을 따라 콩콩 뛰었다.

"너도 불꽃 잡으려고?"

뒤뚱거리는 아이가 넘어질까 봐 두 팔을 벌린 꽁지머리의 여자가 말했다.

"엄마, 꼬옷! 엄마, 꼬옥!"

불꽃이 터질 때마다 깜짝깜짝 놀라면서도 아이는 저게 뭐냐는 손짓으로 하늘을 가리켰다.

"어머, 얘 좀 봐. 꽃이래, 언니, 얘 좀 봐."

미진은 앞치마를 두른 여자를 쳐다보았다. 저 집은 시누이를 언니라고 부르나? 앞치마를 두른 여자는 아이의 허리를 잡고 더 잘 보이게 들어 올렸다.

"야, 꽃이 아니라 똥이야. 얘 똥 쌌잖아."

아이의 엉덩이에 코를 대고 킁킁대던 여자는 아이를 엄마에게 넘겼다. 아이는 엄마에게서 벗어나려고 앞치마를 두른 여자에게 손을 뻗었다.

"임오, 꼬옥! 바바방. 방. 빠방."

캠핑용 의자에 앉아 있던 할머니가 "이제 입으로 방귀도 뀌네" 하며 웃었다.

"펑펑. 퍼버벙. 퍼벙."

불꽃은 리듬을 타며 저녁을 물들이고 있었다.

"저 집은 명절에 친정 식구들이 모이나 봐."

남편은 뭐라고? 묻고는 꼬치에 넣을 쪽파가 모자란다고 소리쳤다. 미진은 앞치마에서 핸드폰을 꺼내 페이스북에 보이는 친구들에게 명절 인사를 보냈다.

제주도 갔어? 시댁엔 안 가?

황금연휴잖니. 시부모님 여행 보내드리고 우린 여기로 왔어.

그사이 불꽃놀이 동영상이 주르륵 떴다.

그럴 여유도 있고 좋겠다. 연휴가 길어도 명절은 하룬데 나는 서럽다 야.

안 해도 되는 걸 네가 사서 하는 거잖아. 몸살 나지 말고 엄살로 버텨.

미진은 친구의 댓글에 좋아요 대신 우는 표정을 눌렀다.

"쪽파!"

불꽃놀이에 남편의 목소리가 높아졌다. 미진도 소리를 높였다.

"동생네는 언제 온대?"

거실에서 꼬지를 꽂던 남편이 댓글보다 더 짧게 외쳤다.

"아침에."

"펑! 퍼버버 펑!"

옥상에 있던 아이들이 소리를 지르며 발을 굴렀다.

"아앗!"

"왜? 베였어?"

"송편을 안 사왔어. 지금 생각났어. 어쩌지?"

"난 또 다쳤다고. 없어도 되잖아. 아침만 먹을 건데."

"아침만 먹을 건데, 내가 종일 그걸 하고 있거든요."

미진은 앞치마에서 돈을 꺼내 쪽파 대신 내밀었다. 남편은 미진의 비아냥거리는 말투에 얼굴을 찌푸렸다.

"나보고 갔다 오라고? 지금?"

"그럼 내가 갔다 와?"

남편이 대답하기 전에 미진은 괜히 싸우기 싫어 말을 돌렸다.

"명색이 추석인데 송편을 까먹다니, 나도 다 됐다."

"지금 가도 남은 게 있을까?"

"아휴, 나는 내가 한심해 죽겠다. 어떻게 송편을 까먹냐. 우선 가 봐. 없으면 어쩔 수 없지 뭐."

안방에서 텔레비전을 보며 핸드폰을 하던 딸이 미진을 불렀다.

"엄마, 불꽃놀이 보러 옥상에 가자."

미진은 안방 창문을 열었다.

"환기되게 창문이라도 열어놔야지 너는 답답하지도 않니?"

열린 창으로 아이들이 깡총거리는 소리가 더 크게 들어왔다.

"애들이 다 사진을 올렸어. 우리도 옥상에 올라가서 불꽃놀이 보자, 엄마."

딸이 핸드폰을 내밀었다. 인스타그램에도 여의도 맞은편에서 찍힌 불꽃놀이 사진과 영상이 주르륵 올라와 있었다.

"너는 네 방 청소해야지, 저게 뭐야?"

미진은 물티슈를 건네며 아이에게 신경질을 부렸다.

"보고 와서 해도 되잖아. 응? 엄마, 꼬옷!"

아이는 옥상에서 나는 소리를 흉내 내며 미진의 앞치마를 잡아당겼다.

"어제부터 네 방 치우라고 했잖아. 내일 가족들 올 건데 저게 뭐야. 치우고 올라가."

불꽃이 터지는 소리에 따라 미진의 목소리도 높아졌다.

"그러면 불꽃놀이 끝나 있을 텐데."

아이는 미진의 손에 있는 물티슈를 낚아채며 입술을 삐죽였다. 남편은 "빨리 치워!"라고 거들고는 신발을 신고 있었다.

다음 날 미진은 너무 일찍 일어났다. 쌀을 씻어 압력밥솥에 넣고 식탁에 앉은 미진은 핸드폰에 있는 사진을 들여다보았다. 대부분이 아이 사진이었고 드문드문 있는 남편의 사진은 유독 뒷모습만 찍혀 있었다. 사진들 사이 아버지의 이름표와 수첩이 눈에 띄었다.

아버지는 추석 전날에는 산으로 갔다. 그리고 어김없이 술을 한잔 걸치고 밤이 되어야 들어왔다. 엄마는 하루 종일 솔잎만 기다리던 것처럼 솔잎을 따오려면 빨리 와야지 꼭 두 번 일하게 만든다며 아버지가 내민 솔잎을 휴지통에 던졌다. 아버지는 허허 웃기만 했다. 아버지의 수첩에는 엄마가 만든 송편이 세상에서 제일 맛있다고 적혀 있었는데, 엄마는 알까? 이번에 가면 엄마에게 알려줘야겠다고 미진은 생각했다. 차례를 지내고 성묘를 하고 집에 돌아오면 집 안 가득 솔향이 퍼졌는데 엄마도 그게 싫지 않은지 휴지통에 던졌던 솔잎 봉지를 꺼내던 걸 미진은 기억하고 있었다. 미진은 남편이 사온 송편의 덮개를 들췄다. 향은 없고 솔잎만 몇 개 붙어 있었다.

미진은 부엌 창을 열고 전날 꽂아놓은 꼬지에 계란옷을 입혔다. 도토리만 한 꼬마들이 깡총거리던 옥상에는 빈 의자만 널려 있었다. 미진은 아이 방문을 열었다. 깔끔하게 정리된 책상에는 할아버지에게 줄 엽서와 사촌에게 줄 선물인지 수첩이 놓여 있었다. 미진은 잠든 딸의 볼을 쓰다듬었다. 아이가 깜짝 놀라 시계를 쳐다봤다.

"할아버지 오셨어?"

"아니, 근데 이제 일어나야 해."

아이는 평소와 다르게 벌떡 일어나 알아서 이불을 갰다. 남편은 안방을 걸레로 닦고 상을 펴고 아버님을 모시러 나갔다. 아이는 매년 해왔듯 준비된 접시를 하나씩 나르고 숟가락을 놨다. 미진은 밥 불을 끄고 무를 얇게 썰어 육수를 따로 담은 작은 냄비에 다시 끓였다. 계단을 오르는 소리가 들렸다.

"큰엄마, 지영이 왔어요."

미진은 앞치마에 손을 문지르며 현관으로 갔다. 문이 열리고 아이의 사촌이 뛰어 들어왔다.

"세상에, 우리 꼬맹이, 그사이 이렇게 컸어? 이제 진짜 중학생 같네. 지은이 언니보다 더 큰 것 같은데, 어디 보자."

반년 만에 키가 부쩍 자란 아이는 꼬맹이라는 말에 인상을 찌푸렸다. 조금 있어 아버님을 모시러 간 남편이 들어왔다. 남편은 이번에도 새어머니는 안 오겠다고 하시네, 하며 새어머니가 싸준 식용유 세트를 현관에 내려놓았다. 아버님은 새어머니가 명절 상을 차리지 않는 게 면이 안 서는지 식사를 마치고 담배를 한 대 태우고 들어왔다. 부엌에서 남은 음식을 그릇에 담고 있는데 남편이 미진을 불렀다.

"여보, 아버님 가신대."

아버님은 밥도 먹었으니 먼저 가겠다고 일어섰다. 아이는 얼른 엽서를 들고 와서 할아버지한테 내밀었다. 아이의 할아버지는 현관에서 안주머니를 뒤졌다.

"아이고, 지갑을 안 챙겨왔네."

지은의 찡그려지는 표정을 지영이 재밌다는 듯 쳐다보고 있었다.

"과일이라도 드시고 가시지…… 벌써 가시려고요?"

과일을 깎던 동서가 끼어들었다.

"어제 잠을 못 자서, 가서 잘란다. 엄마한테는 너희들끼리 다녀와라."

서둘러 일어선 아버님을 따라나선 미진은 현관에서 못 보던 검은 슬리퍼에 눈길이 갔다. 어머님이 돌아가신 이후 한 번도 납골 공원에 같이 간 적이 없으면서 아버님은 도망치듯 그 슬리퍼를 신고 있었다. 미진은 명절 아침 두 시간을 위해 전날부터 종종거린 게 슬슬 화가 나기 시작했다. 새어머니가 해야 할 일을 미련하게 매년 하고 있는 자신에게 화가 났고, 중간에서 아무 말도 안 하는 남편에게도 화가 났지만, 무엇보다 지금 이 순간에는 아버님이 신고 온 슬리퍼를 쓰레기통에 던져버려야 화가 가라앉을 것 같았다. 아버님을 모셔다 드리고 온 남편은 차가 이상하다고 했다.

"아무래도 미션을 갈아야 할 것 같아."

"미션이 얼만데?"

"사십 정도 할 텐데, 부품보다 공임비가 더 나오거든. 미션이 맨 밑에 있어서 다 뜯어내야 해."

"바꾼 지 얼마나 됐는데?"

"저거 중고로 가져오고 미션은 바꾼 적 없지."

남편은 미진의 눈치를 보고 있었다. 어머님이 있는 납골 공원에 가기 위해 밖으로 나오니 지은이는 동생네 차에 태워야겠다고 남편이 말했다. 차가 한참 한강변을 달리고 있을 때 미진의 언니에게 문자가 왔다.

이번에는 시댁에 내려가지 않았어. 오랜만에 휴가를 즐기고 있어. 넌 엄마한테 언제 갈 거야?

요양병원에 있는 엄마한테 언제 갈 거냐고 묻는 문자였다. 미진은 '그럼 엄마 좀 모셔다 하룻밤 집에서 자면 안 돼?'라고 문자를 치다가 밥만 먹고 헤어질 거면서 매년 명절 아침을 챙겨야 하냐고 남편에게 투덜댔다. 남편은 아무 말도 없이 앞만 보고 운전하고 있었다. 미진도 입을 다물고 한강변을 쳐다보다 길게 쓴 문자를 지우고 '좋겠다'고 문자를 보냈다.

답장이 왔나 확인하려고 핸드폰을 열 때 차창이 찢어질 듯 "펑" 소리와 함께 차가 비틀거렸다. 미진은 핸드폰을 놓쳤다. 순간 뒷좌석을 확인했다. 미진은 운전하는 남편의 얼굴을 쳐다보다 아무 말도 못하고 멍해졌다. 남편도 운전대를 붙잡고 정지해 있었다.

"타이어가. 빨리, 빨리 내려."

정신을 차린 듯 남편이 소리쳤다. 밖으로 나오니 차는 한강변 경계에 멈춰 있었다. 뒷바퀴가 터져 차는 한쪽으로 기울어 있었다. 한 뼘만 더 갔어도 한강으로 떨어질 수 있는 아찔한 상황이었다.

"지은이를 동생네 차에 태워서 천만다행이다."

바람 빠지는 목소리로 남편이 말했다. 미진은 그 순간 솔잎을 내밀던 아버지의 웃음소리를 들은 것 같았다. 솔잎을 쓰레기통에 버리고 다음 날 다시 그걸 꺼내던 엄마도 떠올랐다. 깜박거리는 비상등이 요양병원에서 출입구 쪽만 쳐다보고 있을 엄마의 눈빛으로 보였다. 펑, 불발의 불꽃이 몸 속에서 터진 것처럼 미진의 눈동자가 붉어지기 시작했다. 나, 갈래. 나도 오늘 엄마한테 갈래. 미진은 길가에 주저앉아 외치고 싶었다.

옆으로 스치는 차들이 차창을 열고 클랙슨을 눌렀다. 미진은 지나가는 차의 꽁무니에 대고 소리치고 있었다.

"송편도 안 먹었잖아. 송편도 안 먹었다고."

십일월의 연극

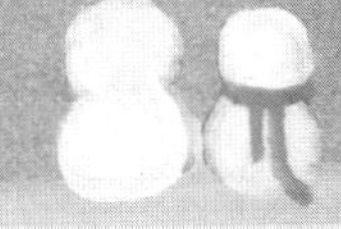

우리의 우정이 시작될 무렵, 기억나니?

편지의 시작은 이랬다. 1년에 한 번 뜬금없이 소식을 전하는 그녀의 편지는 매번 기억을 더듬는 문장으로 시작되곤 했다. 이번에는 어떤 소식을 담았을까. 나는 핸드폰도 없는 그녀가 지금 무슨 일을 하는지 편지를 통해 짐작해야 했다. 치유연극? 편지와 함께 들어 있는 초대장에는 '아주 특별한 생의 첫 번째 연극에 당신을 초대합니다'라고 적혀 있었다. '생의 첫' 연극과 '우리의 우정이 시작될 무렵'이 묘하게 겹치고 있었다. 웃음이 나왔다. 어떻게 잊겠는가. 열여섯 살의 겨울이었는데, 눈이 내리고 있었다. 눈 내리는 겨울밤, 내 눈앞에는 불타는 가구공장이 있었다.

"눈이 자살하는 거야."

불구경하는 사람들 속에 서 있던 그녀가 내가 옆에 있는 것을 보고는 불쑥 말을 걸어왔다. 눈은 불을 향해 집요하게 쏟아지고 있었다. 처음에는 한두 송이 날리던 것이 불길이 거세질수록 더 세차게 사방에서 쏟아졌다.

"눈이 자살한다고?"

"아름다워."

그녀의 입술이 동그라미를 그리며 입김이 새 나왔다. '아름다워'가 동그랗다는 것을 그녀의 입술을 보며 알게 된 날이었다. 눈발은 불을 향해 달려드는 나방 떼처럼 빛나고 있었다. 조금 지나 소방차가 오고 불길은 가구공장의 물건들을 터뜨리고 있었다. 사람들은 서로를 밀치며 뒤로 물러나고, 입을 막고 캑캑거리면서도 자리를 뜨지 않았다. 불 속에 무언가 소중한 것을 감춰놓은 것처럼 웅성거렸다.

"아름다워?"

뭐가 아름답다는 걸까. 나는 그녀에게 물었다. 그녀는 슬리퍼만 신고 있었다. 그녀의 발등으로도 눈이 떨어지고 있었다.

"태우면서, 녹으면서 사라지는 거. 불을 끄기 위해 내리는 것 같지 않니? 온몸으로 불을 끄려고 사방에서 떨어지면서, 떨어지면서 사라지잖아."

다음 날부터 학교에서 그녀를 볼 때마다 우리는 우리만 아는 비밀이 생긴 것처럼 눈을 찡긋, 혹은 손을 슬쩍 들어 인사를 건넸다. 우리의 우정이 시작될 무렵이라. 그 십일월의 밤은 우리가 친구가 된 비밀이 숨어 있는 것 같았는데 그게 뭔지는 정확히 알 수 없었다. 어느 날 그녀는 내게 책을 하나 빌려주었다. 그러면서 한 대목을 펼쳤다.

"여기!"

그녀가 손가락으로 가리킨 곳에는 '눈이 자살하는 거야'라는 문장이 있었다.

"책에 있었던 문장이구나."

그녀는 서울 곳곳에는 자기만 알 수 있는 증표가 있다고 했다. 경마장 길 맨 끝 집의 시멘트 벽에는 붉은 벽돌이 하나 박혀 있는데, 그 벽돌에는 '2000년에 다시 만나자'는 낙서가 있다고 했다.

"그거 네가 써놓은 거지?"

그녀는 믿거나 말거나 하며 어깨를 으쓱했다. 그러면서 경마장에서 한강으로 가는 길바닥에는 100에서 1로 가는 숫자가 있는데 본 적 있느냐고 물었다.

"숫자가 끝나면 한강이 나오는 거야?"

그녀는 대답 대신 또 다른 책을 내밀었다.

"읽어 봐, 그러면 알게 될 거야."

그러면서 덧붙였다.

"세상에서 처음으로 편지를 쓴 사람이 누군지 알게 되면 꼭 알려줘."

나는 그녀가 준 책을 다 읽지 못했다. 당연히 세상에서 처음으로 편지를 쓴 사람이 누군지도 알 수 없었다. 고등학교를 다른 학교로 배정받아 연락은 뜸해졌지만, 그녀는 매년 십일월마다 편지를 보내왔다. 언제든 만날 수 있지만 왜 그랬는지 그녀와는 만나지지 않았고 시간이 흘렀다. 그녀의 편지는 한동안 끊겼다가 몇 해 전부터는 발신지가 수녀원으로 찍혀 있었다. 편지와 같이 들어 있던 초대장을 펴 보니 안양에 있는 고등학교였다. 예전에 소년원이었던 곳을 중고등학교로 인가받은 곳이라고 했다.

1년째 이곳에서 치유연극을 진행했어. 그런데 여기서 아주 특별한 녀석을 발견했지. 우리가 처음 만난 그때처럼 불타버린, 사라지는 것처럼 거뭇한 그림자를 가슴속에 품은 아이였어.

그녀는 내가 그 아이를 알아볼 수 있을 거라고 했다. 1호선 전철에서 내려 한참을 걸어서 도착한 학교는 산자락 아래 자리잡은 예전 교도소 건물을 그대로 사용하고 있었다. 신분증과 초대장을 보여주자 운동장이 보이는 문을 통과할 수 있었다. 운동장에는 사람이 하나도 없었다. 건물 옆으로 수건들이, 어림잡아 백 장은 넘을 듯한 같은 색의 수건들이 건조대마다 걸려 있었다.

운동장을 지나니 강당이 있는 입구에 사람들이 모여 있었다. 사람들은 손에 소풍 가방을 들고 있었다. 공개 만남의 자리가 있는 모양이었다. 강당 문이 열리고 입장해도 된다는 소리가 들렸다. 강당에는 백 명은 넘는 소년들이 머리를 박박 밀고 갈색 체육복을 입고 앉아 있었다. 남자들의 냄새라고 해야 할까. 동물원에서 맡을 수 있는 냄새가 훅 끼쳤다. 뒤쪽에는 커피를 내리는 소년이 있었다. 커피를 받기 위해 줄을 섰다. 줄 뒤에서 보니 소년은 초를 재듯 정확하게 커피를 내리고 있었다.

"신맛과 진한 맛 중 어떤 걸 좋아하세요?"

내 차례가 되자 소년이 물었다.

"진한 맛이요."

소년은 한 손은 테이블을 밀어내고 거품에 정확히 동심원을 그리며 커피를 내렸다. 저 아이일까? 보이는 소년마다 그녀가 말한 아이로 보였다. 커피를 들고 관객석 끝에 자리를 잡았다. 무대가 정리될 즈음 연극의 연출가가 마이크를 잡았다. 나는 그녀를 찾느라 두리번거리고 있었다.

"치유연극에 오신 것을 환영합니다. 그렇지, 얘들아?"

연출가는 초대받은 손님들이 아니라 줄지어 앉아 있는 소년들을 보며 말을 건넸다. 소년들이 박수를 치며 휘파람을 불었다. 뒤에서 보니 들어올 때 보았던 백 장의 수건이 일제히 바람에 펄럭이는 것처럼 보였다. 관객들은 소년들의 수보다 많지 않았다. 무대 조명이 켜지고 비상 사이렌이 울렸다. 무대에는 머리를 박박 민 소년 셋이 누워 있었다. 누워 있던 소년들이 한 명씩 일어나 자기의 사연을 이야기했다. 쉬지 않고 욕이 터져 나왔다. 소년들은 이야기를 어떻게 이끌어야 할지 모른다는 듯 말끝마다 씨발, 좆같다로 대사를 채우고 있었다. 연출가가 이 욕들을 걸러내지 않은 것이 대단하게 느껴질 정도였다.

연극이 중반부로 갈 때까지 소년들의 가정 상황이 펼쳐졌다. 한 아이는 매 맞는 아이였고, 한 아이는 도둑질을 했다고 했다.

또 한 아이는 자기 집에 불을 질렀다고 했다. 같은 방에 있는 소년들의 사연이 하나씩 소개될 때마다 이상하게 토씨처럼 붙은 욕이 구수하게 들리기 시작했다. 처음에는 듣기에 거슬렸던 욕들이 무척 절제된 언어처럼 들리기도 했다. 소년들은 욕을 뱉으면서 그 상황들을 이기려고, 외면하려고, 극복하려고 애쓰고 있었다. 다시 사이렌이 울리고 조명이 붉은빛으로 바뀌었다. 거칠게 욕을 내뱉던 소년이 무대를 뛰어다니며 품에서 무언가를 꺼내 던졌다. 소년이 던진 것을 받은 사람들이 소리쳤다.

"불이야, 불이야."

객석에 던져진 불덩이를 따라 붉은 조명이 비췄다. 소년의 손에는 라이터가 들려 있었다. "불이야"라고 소리를 지르는 사람들 속으로 들어간 소년도 그 속에서 똑같이 외치고 있었다.

"불이야, 불이야."

붉은 조명과 사이렌이 꺼지고 무대는 정전된 듯 조용해졌다. 무대 아래에서 뛰어다니는 사람들의 발소리만 정적을 채우고 있었다. 소년이 무대로 다시 오르자 오른쪽에서 나타난 간수들이 소년의 두 손에 수갑을 채웠다. 연극은 거칠게 그 순간을 전달하고 있었고, 소년은 무대에서 끌려나가면서 관객들을 향해 외쳤다.

"불이야, 불이야. 불이 났어요. 이제는 좀 보라고. 불이 났다고. 저기 우리 집에 불이 났단 말이야. 이제 보이나요? 불이야."

소년을 따라다니던 조명이 비틀거리다 꺼졌다. 조명이 꺼진 자리에서 불씨가 살아나듯 연출가가 나직한 목소리로 이 연극의 취지를 설명했다.

“저희 연극은 치유연극이라고 불립니다. 우리 배우들은 연극을 배운 적도 없고, 이것이 처음이에요. 생의 첫 연극이라고 불러야겠지요. 우리는 지난 1년 동안 이 한 편의 연극을 만들기 위해 이곳의 친구들과 연극에 접근해 보려고 애를 썼습니다. 대장놀이도 하고 역할극도 하고 같이 음식을 만들어 먹기도 하면서 한 달 한 달을 채워나갔지요. 보신 것처럼 연결도 서툴고 여기저기 욕이 많이 들어가서 불편하셨죠?”

객석에 있던 소년들이 뒤를 보며 낄낄대고 웃었다. 내 옆에 앉은 여자는 무슨 사연이 있는지 연신 눈물을 흘리고 있었다.

“그래도 우리는 이 친구들이 대본을 쓰고 자신의 이야기를 연극을 통해 토해낼 때까지 기다리는 것이 생의 첫 연극이 할 수 있는 일이라고 믿고 싶었어요. 그리고 이렇게, 훌륭하게 자신의 이야기를 연극으로 표현해낸 우리 배우들이 멋지지 않나요?”

객석에서 박수가 터졌다.

“자, 그럼 이제부터 반전입니다. 지금부터는 관객들이 직접 이 연극에 참여하는 겁니다. 지금 보신 장면 중에 내가 끼어들어서 배우를 해보겠다 하는 분들은 누구든 손을 들어주세요. 여러분이 하고 싶은 얘기를 연극을 통해 전달해 보는 겁니다. 누구부터 할까요?”

관객들은 교실에서 잠만 자는 아이를 꾸짖는 선생이 되기도 하고, 아이들을 순화하는 교도관이 되기도 했다. 그때 갈색 체육복을 입은 아이 하나가 어설프게 손을 들다가 내렸다. 연출가는 얼른 그 소년을 불러냈다.

"그렇지, 연극에 참여한 친구들 말고 여기서도 이렇게 할 말이 있는 친구들이 많을 거야. 너는 어느 장면으로 들어가고 싶니?"

고개를 숙이고 있던 소년은 자기 집에 불을 지른 아이가 되어 보고 싶다고 했다. 무대는 다시 붉은 조명으로 바뀌었다. 소년은 연출가가 건넨 라이터를 들고 망설이다 라이터를 켜고 자기 얼굴을 비췄다.

"나예요. 아빠! 아빠, 나는 불을 지르고 싶지 않았어요. 그렇지만 불을 질렀어요. 집에 아빠가 있었다는 것을 그제야 알았어요. ……아빠, 나, 하고 싶은 게 있어요."

소년은 한참을 아무 말이 없었다. 객석도 조용해졌다. 연출가가 음악을 낮게 깔라는 신호를 보냈다. 소년은 불탄 집으로 걸어 들어갔다. 아버지 역할을 했던 소년이 누워 있는 방에 붉은 조명이 비쳤다. 소년은 망설임 없이 그 옆에 조용히 누웠다. 그리고 말했다.

"아빠, 나도 여기 있을래요."

조명이 꺼지고 무대 위로 눈송이 같은 조각이 떨어졌다. 나는 뒤로 돌아 조명실을 바라보았다. 수녀복을 입은 그녀가 그곳에 있을 것 같았다. 내 옆에 있던 여자가 무대를 향해 걸어가 꽃다

발을 던졌다. 객석에 있던 소년들이 휘파람을 불었다.

"씨발, 좆나 멋있다."

휘파람을 부는 입술들도 동그랗게 오므려졌다. 소년은 일어나지 않고 무대에 있었다.

종달리

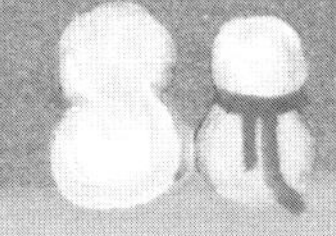

지독한 여름이 지나고 정이의 중학교 마지막 겨울방학이 시작되기 전, 뜬금없이 아이에게 여행을 가자고 말했다. 정이는 눈을 반짝이며 어디로 가냐고 물었다.

"라오스 어때?"

"라오스가 어디야?"

"미얀마 옆."

"미얀마는 어딘데?"

"베트남은 알지? 그럼 베트남으로 갈까?"

정이는 나를 이상한 눈으로 쳐다보았다.

"엄만 어디 가고 싶은데?"

"미술관을 주욱 도는 유럽 여행이나 할까?"

정이가 초등학생 때부터 방학이 끝나면 반 애들 한둘은 꼭 해외 여행을 하고 왔다는 이야기가 있었다. 나는 다음 방학 때는 우리도 해외 여행을 꼭 가자고 말하곤 했는데, 그때마다 일이 생겼고 일이 없을 때는 돈이 없었다. 무엇보다 그때는 있었는데 지금은 없는, 연이의 자리가 날 놔주지 않았다. 중학교 교복까지 사놓고 한 번도 입지 못한 그해가 세 번 지나가는 동안, 정이는 연이의 이름표가 박힌 교복을 번갈아 입으며 졸업을 앞두고 있다. 연이도 이제 고등학생이 되는 나이가 되었구나 싶어 마음을 어디다 두어야 할지 모르고 있었다. 그래도 이번에는 말이라도 먼저 꺼내놔야 여행을 할 수 있을 것 같아 불쑥 건넨 말이었다.

"처음으로 세계 여행을 하는 건데, 그것도 유럽을 가는데, 미술관을 돈다고? 돈은 있어?"

"미술관이 싫으면 건축 여행은 어때? 돈은 모아 봐야지."

"치, 그러다 또 없다고 할 거면서. 맨날 갈 곳만 정하면 뭐 해?"

"사람 일은 모르는 거야. 그냥 확 저질러버리고 싶을 때가 있는데, 그런 게 사람을 바꾸기도 하잖아. 너무 많이 고민하고 계획하고 그러면 될 것도 안 돼."

"미술관이나 건축만 볼 거면, 여행 가서 공부만 하라고? 그런 걸 왜 해."

"그러면 태국에 먹을 게 많다는데 태국으로 갈까?"

"엄마, 왜 그래?"

어디로 갈지 정하지도 않고 아무 곳이나 찔러 보는 내가 못마땅한지 정이는 신경질을 냈다. 집 근처에 새로 생긴 제주 음식

전문점인 고기국수집에서였다. 정이는 메뉴판에 꽂혀 있는 손그림 지도를 펼쳤다. 찌그러진 호떡 같은 지도에 맛집과 유명한 여행 코스들이 적혀 있었다. 정이는 글자들이 빼곡한 서쪽에서부터 주욱 손가락을 긋다가 동쪽 해변에서 멈추었다.

"여기는 어때? 종달리래."

"동쪽 끝이네. 마지막에 도달하는 곳이라는 뜻이야."

"동쪽 끝! 멋있다. 엄마, 여기로 가자."

정이는 눈을 동그랗게 뜨고 입술을 확 열었다. 제주라면 가볍게 떠날 수 있을 것 같았고, 무엇보다 그동안 언니의 그늘에 가려 늘 주변 눈치를 보던 정이의 중학교 마지막 방학을 뭔가 기억에 남을 만한 것들로 채워주고 싶었다.

*

그렇게 일주일 간의 여행이 시작되었다. 새벽 다섯 시에 집에서 나와 국내선 공항에 도착한 시간은 다섯 시 사십오 분이었다. 남편과 간단한 포옹을 하고 헤어졌다. 남편의 출근보다 우리가 제주에 도착하는 시간이 더 빠르겠다고 웃었다. 공항 프런트로 가기 전에 예약번호 바코드를 기계에 대니 바로 비행기표가 나왔다.

"비행기표가 영화표 끊는 것처럼 간단하네."

정이가 웃었다. 짐은 각자 메고 있는 가방과 작은 캐리어 하나에 손가방이 전부여서 부치지 않고 그냥 가지고 타기로 했다. 검색대를 나오는데 내 가방이 걸렸다. 열어 봐도 되느냐고 직원이 물었다. 당연히 열어 보라고 했다. 여섯 시가 지나가고 있었다. 전날 밤 남편이 가방에 넣은 스위스 아미가 걸렸다. 남편과 연애 시절부터 산에 갈 때마다 가지고 다니던 칼이었다. 검색원은 1층에 가서 칼만 따로 부치고 오라고 했다. 비행기 시간은 여섯 시 반이어서 아직 시간이 남아 있었다. 나는 그냥 버려 달라고 했다. 정이가 나를 신기하게 쳐다보았다. 아래층까지 움직이다 보면 숨이 찰 테고 딸도 혼자 있으라고 하는 게 개운치 않았다. 전날 괜히 신경 쓴답시고 플래시와 스위스 칼을 가방에 넣더니만, 남편이 얄미웠다.

생각해 보니 칼을 들고 비행기를 타는 거나 마찬가지인데 아무 생각 없이 배낭 싸듯이 짐을 싼 것도 문제였다. 캐리어를 끌고 7번 홈으로 가서 앉으니 여섯 시 십 분이었다. 다음에 비행기를 탈 때는 좀 더 수월하겠다. 칼은 반입 안 됨. 짐은 부칠 것. 비행 이십 분 전까지 여유 있음. 신혼여행 이후 비행기를 처음 타 보는 거였다. 그러니까 결혼 후 20년이 다 되어가는 동안 나는 국내에만 있었고, 그 전 십수 년도 국내에만 있었다. 비행기는 신혼여행 이후 이번이 두 번째인데 목적지는 두 번 다 제주였다.

이번 여행은 정이와 둘이서만 하는 첫 여행이었다. 여행할 때마다 남편이 계획을 짜고 짐을 꾸리고 예약도 다 남편이 챙겼기 때문에 나는 몸만 따라가는 식이었다. 그런데 이번은 처음으로 내가 비행기 예약을 하고 숙소를 정하고 선납금을 냈으며, 숙소 근방에서 돌아다닐 만한 곳도 미리 알아두었다. 정이의 선택지에 따라 그날 가고 싶은 곳을 고르자고 했지만 미리 몇 곳을 정해두기도 했다. 비행기에서 정이는 잠들지 않고 밖을 내다보았다. 우리는 구름 위에 있었다.

"엄마, '구름하다'는 동사나 형용사는 없나?"

"구름하다?"

"저기 봐."

바깥에는 진짜 구름구름한 하늘이 펼쳐져 있었다. 저 구름 아래로 비가 온다고 했다. 출발하기 전 시리가 알려준 정보에 따르면 제주에는 지금 비가 내리고 있으며, 우리는 비가 내리는 구름 위를 지나가고 있는 것이다. 일곱 시 십육 분, 구름 위로 동이 트는 것이 보였다. 창밖을 보며 진짜 여행 온 것 같다고 말하니 정이는 "엄마가 스위스 칼 버릴 때부터 그런 것 같았어"라며 내가 뭔가를 그렇게 쉽게 버리는 건 너무 오랜만에 본 거여서 깜짝 놀랐다고 했다. 버리는 것만이 아니라 내 의지대로 무언가를 결정하고 그대로 해보는 단순한 일 자체가 내겐 모험이었다.

비행기가 착륙한 후 버스로 공항 터미널까지 이동했다. 버스에서 활주로에 있는 비행기들을 보며 정이가 말했다.

"엄마, 저거 고래 같지 않아?"

활주로는 이미 한차례 내린 비에 젖어 있었는데, 서로 널찍이 떨어져 있는 비행기들은 뭍으로 올라온 고래 같았다. 조금 슬픈 감정들이 올라왔는데 그것은 황량함, 쓸쓸함, 처량함이 뒤섞인 이상한 것이었다. 연이를 사고로 잃고 나는 모든 게 슬퍼 보였다. 재미있는 일들을 봐도 그저 쓸쓸했다. 우울증 치료를 위해 한 달에 한 번 만나는 담당 의사는 슬플 때는 그걸 말로 표현하라고 했다. 가슴에 담아두면 그것이 더 두꺼워진다고. 쉬운 일은 아니었지만 나는 그때그때 느끼는 감정을 솔직히 말하는 연습을 꽤 해왔다.

"좀 쓸쓸하다 그치?"

정이도 고개를 끄덕였다. 비슷한 풍경은 비슷한 감정을 불러오고 있었다.

"언니 생각나지?"

정이가 어른스럽게 물었다. 정이도 그 시간 동안 내 감정 표현에 어떻게 반응하는 것이 좋을지를 알고 있었다. 생각나는 것을 솔직하게 말하기. 일부러 피해 다녔던 언니의 자리를 자꾸 입 밖으로 내는 것이 정이의 치료법이기도 했다.

게이트를 나오니 바로 짐을 찾을 수 있었다. 복잡할 것 없으니 집으로 갈 때는 편하게 짐을 부쳐야겠다고 생각했다. 경험해 보지 않은 것들에 괜히 주눅 들어 있었다는 걸 알았다. 그제야 공항에서 출발할 때 버려버린 스위스 아미가 아까웠다. 20년이면 짧지 않은 시간인데, 남편과의 연애 시절을 내 손으로 쓰레기통에 버려버린 것 같았다.

공항을 나오자마자 여행자정보센터에서 몇 개의 전단지와 여행 정보지를 챙겼다. 뒤쪽에서 누군가 내 등을 톡톡 쳤다. 고등학생으로 보이는 아이 둘이었다.

“아줌마, 여기서 카멜리아힐에 가려면 버스를 어디서 타지요?”

“저쪽 카운터에서 물어 보면 더 빠를 것 같은데.”

일행인 아이가 그사이 카멜리아힐을 검색했는지 친구를 손으로 불렀다.

“저쪽 버스 타는 곳 맨 끝인가 봐.”

카멜리아힐을 물었던 아이는 내게 넙죽 인사를 하고는 캐리어를 끌고 갔다. 수능을 끝내고 친구와 둘이 여행을 온 것 같았다. 이제 어디로 가야 할까. 버스는 시외버스와 시내버스, 동쪽으로 도는 서귀포행과 서쪽으로 돌아서 서귀포로 가는 두 노선이 있었다. 어디든 서귀포로 향하니까 번호표를 보는 것이 헷갈렸다. 정이는 네이버로 길을 찾다가 101번 버스를 타고 제주시외버스터미널로 가서 갈아타는 것이 좋겠다고 했다. 그러기로 하고 101번 버스를 타고 노선표를 보니 세화까지 가는 직행버스였다. 세화는 종달리와 가까운 동네니까 세화까지 가서 갈아타라고 버스 운전사가 알려주었다.

“아까 그 언니들 고등학생 같지?”

“그렇게 보이기는 했는데, 졸업을 앞두고 친구랑 여행 왔나 봐.”

“아냐, 딱 보니까 2학년이야.”

“2학년이면 여행 오기 쉽지 않을 텐데…… 내기할까? 난 3학년 졸업반에 걸래."

"근데 어떻게 알아. 다시 만나져야 알 수 있잖아."

"제주에 일주일이나 있을 건데, 음식점 같은 데서 또 만날지 누가 알아. 다시 만나면 물어 보자."

"내기 뭐 할 건데?"

"원하는 거 들어주기 어때?"

"좋아. 그 언니들 또 만나면 좋겠다."

한참 얘기하다 보니 버스 기사가 세화에서 내리실 분, 하고 외쳤다. 세화에 도착하자 잠깐 멈췄던 비가 부슬부슬 날리기 시작했다. 모자를 쓰고 있으니 옷은 빗물이 묻어도 괜찮았다. 우선 아침을 먹을 수 있는 식당을 찾았다. 백반집이었는데 정이가 먹고 싶다던 갈치구이가 나왔다. 정이가 제주에서 하고 싶다던 한 가지가 지워졌다. 백반집에는 벽면에 시와 사진들이 걸려 있었다. 벽에 걸린 세화 사진을 보며 정이가 여기서 놀다 가자고 했다. 가게주인에게 짐을 맡겨도 되겠냐고 물으니 그러라고 했다.

세화 바닷가에서 정이가 모래 위에 용용이를 그렸다. 용용이는 정이가 중학교 1학년 때 창작한 만화 캐릭터였다. 정이는 언니가 없는 3년 내내 용용이 시리즈를 그렸다. 나는 용용이를 볼 때마다 정이와 연이가 함께 자라는구나 싶었다. 용이는 머리 위에 눈이 하나 더 있는데 서로 대화를 나누는 친구이면서 한 몸인 또 다른 용을 옷처럼 업고 있었다. 정이와 연이는 그림 속에서 늘 함께였고 벗을 수 없는 피부였다. 파도가 용용이 머리를 쓸어가는 것을 정이가 비디오로 찍었다. 파도가 쓸고 가는 용용이를 보며 정이는 안녕 대신 "용용" 하고 말했다.

바닷가 그네에 앉아 쉬다가 한참 동안 해변을 걸었다. 바다 끝이 어두워지는 걸 보니 비가 거세질 것 같았다. 해변 가까운 곳에 있는 2층 카페로 들어갔다. 비 오는 평일 오후여서 그런지 손님이 하나도 없었다. 정이는 그곳에서 여행 전날 물감을 짜놓은 수채화 팔레트를 꺼내 오후 내내 그림을 그렸다. 바다를 바라보며 이야기를 나누는 눈사람 둘의 뒷모습이 그림엽서에 그려졌다. 눈사람은 내가 짜준 목도리를 하고 이런 대화를 나누고 있었다.

벚꽃 보러 갈까?
살아 있을 수 있으면.
약속하면 살아 있을게.

그림엽서를 보며 정이의 머리를 쓰다듬었다. "보고 싶다." 한참 있다가 정이가 말했다. 정이는 또 다른 그림을 내밀었다. 공항의 활주로에서 봤던 비행기가 돌고래로 그려져 있었다. 돌고래는 공중제비를 돌며 놀다가 이불 속으로 파고들듯 바다로 돌아오고 있었다.

밤하늘은 아주아주 넓어서

공중제비를 돌아도 혼나지 않았어요.

돌고래의 말 옆에 정이는 자신이 하고 싶은 말을 적어두었다.

괜찮아요, 괜찮아. 다시 할 수 있어요.

활주로로 나온 돌고래는 연이가 살아나 우리에게 말을 거는 것 같았다. 정이는 고개를 숙인 돌고래를 흉내 내며 "괜찮아요, 괜찮아. 다시 할 수 있어요"라고 말했다. 같이 왔으면 좋았을 텐데. 어디를 가든, 무엇을 보든 가슴에서는 자꾸 그 말이 튀어나오려 했다. 나는 의사의 권유와는 상관없이 그 말만은 밖으로 내뱉지 않았다. 정이가 먼저 나를 달래고 자기는 슬픔을 가져버린 것 같아 미안한 마음이 들어서였다.

"배 안 고파?"

정이는 예약한 게스트하우스에 짐을 두고 먹으러 나오자고 했다. 비는 더 거세지고 있었다. 짐을 맡긴 식당으로 가는 길에 정이의 신발이 젖었는지 확인했다. 편의점에 들러 우비를 두 개 사서 하나는 캐리어에 씌웠다. 식당에서 지도를 꺼내 정이가 했던 것처럼 손가락으로 종달리를 짚었다.

"여길 어떻게 가면 좋을까요?"

식당 주인은 우리가 내린 곳에서 종달리행을 타면 된다고 했다. 옆 마을이어서 바다를 끼고 도니까 경치도 구경하라고 덧붙였다. 비 오는 월요일 오후, 버스 정류장에는 왜소증 아저씨 둘이 의자 양끝에 앉아 있었다. 건설 쪽 일을 하는지 옷이 더러웠다. 둘 사이에 캐리어를 놓고 앉자 한 명이 정이에게 어디서 왔느냐고 물었다. 정이는 서울에서 왔다고 했다. 또 한 명의 아저씨는 어디로 가냐고 물었다.

"종달리요. 동쪽 끝에 있는 동네요."

버스에 올라타자 아저씨는 종달리의 어디를 가느냐고 물었다. 나는 종달초등학교 앞에서 내리면 된다고 했다. 아저씨는 이 버스는 종달항까지는 가는데 종달초등학교는 안 간다고 했다. 그러면서 버스 기사에게 우리가 갈 곳을 말했다. 버스 기사는 가다가 내려줄 테니 뒤에 오는 201번 버스를 타고 한 정거장만 더 가면 된다고 했다. 버스에서 내리니 앞뒤에 앉은 아저씨 둘이 각자 정이에게 손을 흔들었다. 정이는 두 손을 번쩍 들어 흔들었다. 버스가 가고 나니 우리가 내린 사거리에는 개 짖는 소리도 들리지 않는 정적이 밀려들었다. 한 정거장이면 걸어가자고 하고 걸어서 숙소가 있는 골목에 들어서니 집을 떠난 지 열두 시간이 지나 있었다.

"누가 보면 우리 아이슬란드나 핀란드에 도착한 줄 알겠다."

"엄마, 저기! 달집 맞지?"

골목길에 뜬 달 모양 간판을 가리키며 정이가 말했다. 숙소인 게스트하우스 입구에는 달이 떠 있었다. 노란 달이 멀리서 보면 골목으로 내려앉은 모양을 하고 있었다.

"마음에 들어. 달집!"

정이가 들뜬 듯 말했다.

"우리 완전 이름만 보고 여길 온 거네. 종달리의 달집!"

숙소에 짐을 넣고 저녁을 먹을 수 있는 곳을 물었다. 게스트하우스 집사는 출판사에서 일한 경험이 있다고 했다. 그러면서 게스트하우스를 하며 종달리 지도를 그려 출간한 책을 내밀었다. 우리는 책에 있는 지도를 보며 저녁 먹을 만한 곳을 찾았다. 근처에 있는 밥집으로 가기로 하고 밖으로 나왔다. 가로등도 없는 동네는 어둠이 그대로 내려와 길 위에 그림을 그리고 있었다. 밥을 먹고 제일 먼저 편의점을 찾았다. 돌담, 골목길, 동백꽃, 감귤을 달고 있는 집들, 야자수가 있는 초등학교를 돌아도 편의점은 찾을 수 없었다. 편의점 대신 동네 구멍가게인 승희가게에서 우유와 솜사탕을 샀다. 솜사탕 비닐에 먼지가 쌓여 있었다. 날짜 지난 솜사탕을 뭐 하러 사냐고 구시렁거리자 정이가 "이건 아무도 안 사갈 것 같지 않아? 그냥, 여행을 왔으니 쓸데없는 짓을 하고 싶어서"라고 했다.

*

다음 날 조식으로 나온 오니기리 두 개를 받아들고 뒷산을 가리켰다.

"저 산은 이름이 뭐예요?"

"지미봉이에요."

"낮은 산이네요."

"나는 성산봉보다 저 지미봉이 더 좋아요. 일주일 계실 테니 날씨 좋은 날 올라가 보세요. 종달 바당이 한눈에 보인답니다."

집사의 설명이었다. 매일 오전에 청소를 하니까 게스트 방을 비워줘야 해서 피곤한데도 아이와 우도에 가 보자고 했다. 종달항에서 우도로 들어가는 배는 한 시간에 한 대씩 있었다. 우도에 내리자마자 마을버스를 타고 우도 등대까지 갔다. 억새가 펼쳐진 너른 평원을 정이가 달려갔다.

"여기 왔던 곳이야. 저 아래에서 다리를 삐끗해서 아빠가 가는 곳마다 엄마를 업고 다녔어."

정이는 "아빠랑 엄마도 용용이였네" 하며 뛰어다녔다. 나는 이번에는 돌을 조심조심 두드리는 심정으로 밟았다. 우도에서 육지 쪽을 보면 지미봉이 제일 먼저 보였다. 안개가 깔리고 날이 흐려서 잘 보이지 않았지만 그래도 우도 어디서든 지미봉만 보였다. 길 위에서 싸가지고 온 오니기리를 먹었다. 길가의 상인이 손바닥에 한 움큼 준 땅콩도 먹었다.

우도에서 배를 타고 나오니 세 시가 조금 넘은 시간이었다. 숙소까지 걸어가는 길에도 언덕처럼 솟은 지미봉이 눈에 걸렸다. 동네 뒷산이었고 사진을 찍을 때마다 그 산이 담겼다. 무엇이 닮은 것인지 몰랐는데 사진으로 보니 지미봉과 종달리의 지붕이 닮아 있었다. 숙소에 들어가기에는 애매한 시간이어서 지미봉에 올랐다. 거미줄에 걸린 어린 거미들이 옷에 달라붙었다. 지미봉에서 두 팔을 벌려 사랑한다고 소리쳤다. 정이도 따라 했다. 우리는 먼 곳을 돌아 그곳에서 만난 것처럼 서로를 안았다. 멀리 성산봉과 우도가 있지만 바다를 포함해 동네가 한눈에 다 보였다. 정이는 내 품에 손을 집어넣으며 이런 따뜻한 뒷산의 시선이 좋다고 했다. 뒷산의 시선은 우리가 그곳에 올랐기 때문에 생기는 거였다. 정이는 타이어가 얹힌 지붕이 따개비 같다며 달집을 손으로 가리켰다.

"저기가 달집 맞지?"

게스트들이 새로 온 건지 마당을 돌아다니는 작은 사람들이 보였다.

다음 날 아침 일찍부터 우리는 지미봉에서 보았던 종달리 골목 구석구석을 걸었다. 동네 중앙의 큰 나무를 지나 골목길을 돌아다니는데 집과 집 사이 검은 돌담이 인상적이었다. 종달초등학교의 위치를 확인하고, 여행에서 사온 세계의 차를 파는 여행 가게와 종달리엔 사장의 엄마가 한다는 엄마식당을 지나 다리가 아파 정자에서 쉬었다. 정이는 그림을 그리기 위해 가는 곳마다 사진을 찍었다.

종달초등학교에는 놀이기구로 방방이 있었고, 교문 입구에는 이곳이 제주라는 것을 떠올리게 하는 돌하루방이 있었다. 종달리에 하나밖에 없는 서점을 찾아가는 길에는 예전에 소금밭이었다는 너른 밭을 지나갔다. 우리가 간 날은 서점이 문을 닫는 날이었다. 다시 전날 걸었던 종달항까지 걸어갔다. 보말국수를 먹고 왔던 길로 돌아오니 아는 길이라고 한결 마음이 편했다. 날은 흐렸고 어디서 보든 우리가 "사랑해"를 외쳤던 지미봉이 보였다. 밤에 정이는 게스트하우스 손님방에서 하루키의 『노르웨이의 숲』을 꺼내왔다. 피곤해서 먼저 잠이 들었는데 중간에 깰 때마다 아이가 책을 들고 있는 게 보였다.

다음 날은 남편이 꼭 가 보라고 한 사려니 숲길 십 킬로미터를 걸었다. 종달초등학교 앞에서 201번을 타고 성산에서 내려 차를 갈아타고 사려니 숲길 입구에서 내리니 눈앞에 삼나무 숲이 펼쳐졌다. 까마귀들이 개울에 몸을 담그며 차례로 목욕을 했고 곳곳엔 눈이 남아 있었다. 흑백영화처럼 묵은 이야기들이 터졌다.

"엄마, 아기들은 서너 살까지 엄마 배 속에 있던 걸 기억한대."

"너도 기억나니?"

"그게 기억나는 건지 모르겠는데, 내가 엄마 배 속에 있을 때, 엄마 노래 불렀지?"

"당연히 불렀지. 내가 부른 노래가 기억난다고?"

"당근이지. 근데 무슨 노래인지는 모르겠어요. 여기가 노르웨이 숲 같다."

"이런 뻥쟁이. 너, 밤에 그 책 다 읽었니?"

"어, 좀 이상했어. 노르웨이 숲에 가면 사랑을 만난대. 근데 아주 늙은 나이에나 보이는 게 노르웨이 숲인가 봐. 그럼 그때까지 사랑이 이루어지지 않는다는 건가?"

"그런 내용이었니? 엄마는 스무 살 때 읽었는데 잘 기억이 안 나. 노르웨이의 숲이 사실은 노래 제목이야."

"노래?"

"어, 비틀즈 노래야."

"들어 볼까?"

정이는 핸드폰으로 노래를 찾아 틀었다. 사려니 숲길에 〈노르웨이의 숲〉 리듬이 퍼졌다.

"그 책에 나오는 남자는 툭하면 죽겠다고 그러는데, 굉장히 약해. 잠자리 날개처럼. 무슨 남자가 그래? 그리고……."

"그리고 뭐?"

"툭하면 여자들이랑 잔다. 웃겨."

"그 소설이 그런 거였나. 진짜 기억이 안 나네. 그래도 사랑 이야기는 완전 네버엔딩 스토리니까."

"맞아. 새로울 게 없는데 그래도 새로운 이야기가 나오는 게 사랑 같아."

"그래서 사랑이 끝나지 않는 걸지도 몰라."

"새로울 게 없으니까?"

"우와, 우리 딸 많이 컸네. 벌써 사랑의 비밀도 알고."

"왜 이러세요, 어머니! 사랑의 비밀뿐 아니라 비밀의 비밀도 알거든요."

"비밀의 비밀?"

숲길에서는 평소에는 알 수 없었던 정이만의 단어가 툭툭 튀어나왔다. 정이는 "비밀의 비밀은 비밀이야"라며 얼음 위의 잔설을 가리켰다.

"엄마, 그거 알아?"

"뭘?"

"이거 봐. 이렇게 밟으면 무슨 소리가 들려?"

"부드득? 뿌드득!"

"얼음을 밟으면 이렇게 뼈가 부러지는 소리가 나잖아. 이거 요정의 뼈가 부러지는 소리다."

정이가 그 말을 하며 괜히 얘기했나 하며 내 표정을 살폈다.

"요정의 뼈가 부러지는 소리라고?"

무슨 얘기를 해도 사고 현장이 연상되는 건 어쩔 수 없는 일이었다. 우리는 3년 동안 매일 말을 고르고 할 말을 숨기고 때론 소리를 지르며 상처를 내기도 했다. 그러다 어느 순간부터는 그것이 연이의 자리라고, 그러니 너무 조심하지 말자고 사인을 보내고 있었다.

"나 어릴 때 언니가 알려줬어."

지나가던 동남아 관광객들이 〈노르웨이의 숲〉을 허밍으로 따라 하며 엄지손가락을 치켜올렸다.

숲길을 내려와서 허기져서 감자핫도그와 어묵을 먹었다. 다들 자기 차를 타고 돌아가는데 낯선 곳에 어둠이 내리니 무서워지기 시작했다. 버스가 올까 싶었는데 한 시간을 기다리니 버스가 왔다. 해가 떨어질 때쯤 남원에 도착해 고기국수를 먹고 그 앞 바닷가를 걸었다.

"등대가 바닷속에 있네."

등대에서 불빛이 나올 때마다 바닷속에서 불빛이 나오는 것 같다며 정이가 소리쳤다. 밤길을 걸어 숙소로 돌아가는 길, 종달리로 데려다주는 201번 버스가 보였다. 반가운 마음에 얼른 올라타 버스 기사에게 인사를 건넸다. 첫날 탔던 버스 기사였다. 종달리에 도착하니 골목의 벽마다 암호처럼 찍혀 있는 '달집'이 보였다. 가방에서 남편이 챙겨준 랜턴을 꺼내 정이에게 비추었다. 정이는 등대의 깜박임처럼 벽에 붙은 '달집'을 비추며 앞장섰다.

저녁에는 게스트하우스 여행자들의 만남의 자리가 있었다. 정이가 벽에 찍힌 달집을 보며 길을 찾아왔다고 하니 집사는 여행자 중에는 달집에 걸린 간판을 보며 달이 저렇게 가깝다고 한 사람도 있다고 했다.

"간판이 진짜 달로 보였나 보네요."

"달집이니까요."

그때 손님방으로 아이들 둘이 들어왔다. 집사는 경주에서 온 어린 손님들이라며 인사를 시켰다. 정이는 손으로 입을 막으며 웃었다. 첫날 내게 길을 물었던 아이가 나를 알아본 듯 빙긋 웃었다.

"여기서 또 만났네. 카멜리아힐은 다녀왔니?"

아이들은 고개를 끄덕였다.

"언니들은 몇 학년이에요? 고등학생 맞죠?"

정이가 참지 못하고 물었다. 나도 대답을 기다렸다.

"이제 진짜 고생 시작이야. 고3 된다고 여행도 못 가게 하는 걸 1년 동안 죽어라 공부만 하겠다고 각서 쓰고 도장 찍고 왔다니까."

정이는 '예스' 하는 표정으로 나를 쳐다봤다.

"작년에 시험 본 언니들, 지진 때문에 수능이 연기되었잖아요. 우리 학교도 그때 건물 갈라지고 난리도 아니었거든요. 근데 선생님들이 교실에서 나가지 말라는 거예요. 이런 건 뉴스에도 안 나왔을걸요. 그때 우리가 정말 빡 돌았잖아요. 지진대피 요령에는 건물에서 나와서 넓은 곳으로 안전하게 대피해라 그러면서 진짜 지진이 났는데 나가지 말라는 게 말이 돼요? 그때 얘랑 약속했어요. 우리 아무리 고3이라도 하고 싶은 건 하면서 살자. 그래서 왔어요. 고등학교 마지막 여행!"

우리는 박수를 쳤고, 듣고 있던 집사가 잘 왔다고 아이들에게 악수를 청했다. 부침개를 부치던 스태프가 아이들 앞에 부침개를 놓았다.

"멋있다, 너희들. 나는 여기 스태프로 있는데 동백이라고 해."

"동백 아가씨가 아니라 동백 언니네요!"

모두 웃으며 자연스럽게 하고 싶은 이야기들을 꺼냈다.

"여기 있다 보면 별별 사연의 사람들이 다 와요. 오늘은 경주 지진 현장의 소식을 들고 친구들이 왔네. 나도 여기 이렇게 붙들려 살게 될 줄 몰랐어요. 여행 왔다가 종달리가 너무 편하고 고향 같고 그래서 그냥 눌러살게 되었거든요."

달집 집사가 말했다.

"저도 제가 여기서 이렇게 부침개를 부치고 있을 줄은 몰랐어요."

동백 아가씨가 끼어들었다.

"그 얘기 해야겠네. 한번은 제주로 운전 연습을 하겠다고 다짐하고 온 손님이 있었어요. 처음 면허를 따고 넓은 곳에서 운전하고 싶었다나. 그분이 공항에서 차를 렌탈해서 주욱 직진해서 여기까지 왔는데, 오자마자 어떻게 됐는지 알아요?"

"어떻게 됐는데요?"

경주에서 온 아이들 둘이 동시에 물었다.

"나를 붙잡고 울더라고. 차도 빌렸겠다, 널찍하니 길도 좋겠다, 운전할 수 있을 줄 알았는데 막상 운전대를 잡으니까 너무 무서웠대요. 그런데 어떡해? 이미 차를 빌렸으니 무조건 직진만 했다나요. 길에다 차를 버리고 싶은데 그럴 수가 없으니까 기운이 빠질 때까지 직진만 해서 달집까지 온 거죠. 그래놓고는 하룻밤을 자고 나서는 차를 끌고 갈 자신이 없다면서 또 엉엉 우는 거예요. 나, 그때 웃겨서 혼났어요. 뭐 이런 단순한 사람이 다 있나 싶어서. 근데 그 사람이 누구냐면……."

"저예요."

동백 아가씨가 뒤집개를 들고 웃었다.

"차는 보내고 저는 여기 남았어요. 집사님이 여기서 반년살이 할 수 있게 해주어서 스태프로 참여했고요. 웃기죠? 면접에서 스물한 번째 떨어지고 나니까 뭐든 다 할 수 있을 것 같더라고요. 그래서 혼자 여행하고 운전도 해보겠다고 오기를 부렸는데 안 되더라고요. 그래도 후진이나 리턴하지 않고 여기까지 온 게 어디예요. 나는 내가 기특해 죽겠어요."

경주에서 온 아이들이 물개박수를 치며 좋아했다.

"너는? 너는 어떻게 오게 됐어?"

경주의 소녀가 정이에게 물었다.

"엄마랑 처음으로 여행하려고."

"그게 다야?"

정이가 우물쭈물하다 "사실은 나……" 하고 나를 쳐다보았다.

"쌍둥이예요."

"쌍둥이 하나는 어디 있는데?"

정이는 자기 가슴을 한 손으로 꾸욱 눌렀다.

"여기!"

언니를 잃은 이후에는 누가 물어 봐도, 아니 스스로 쌍둥이라는 말을 한 번도 한 적이 없는 아이였다. 나는 쌍둥이라는 정이의 말이 얼마나 용기를 낸 말인지 알고 있었다. 정이의 말은 이번 여행의 가장 큰 선물이었다. 나도 손으로 가슴을 누르고 한 손으론 정이의 어깨를 끌어당겼다.

"나는 쌍둥이 엄마예요. 하나는 여기, 또 하나는 여기!"

정이가 내 눈치를 살피다 활짝 웃었다.

"잘 오셨어요. 오늘은 다들 특별한 손님들이 달집에 모였네."

여행한 곳에 대한 이야기를 나누다 집사는 내게 다랑쉬오름에 다녀왔느냐고 물었다.

"다랑쉬오름이 오름 중에 여왕이거든요."

"아뇨. 내일은 용눈이오름에 갈까 하는데."

동백 아가씨가 내 옆에 앉으며 "제가 내일 용눈이오름까지 차로 데려다 드릴까요?" 하고 끼어들었다. 나는 이제 운전할 수 있겠냐고 물었다.

"그건 아닌데…… 왠지 할 수 있을 것 같은 기분이 들어서요."

동백 아가씨는 집사를 보며 "차 빌려주실 거죠, 집사님!" 하고 애교를 떨었다.

"이제 자기도 떠날 때가 되었나 보네. 슬슬 운전 연습도 해야지. 어디다 버리지만 마!"

집사가 우리를 보며 눈웃음을 보냈다.

다음 날 아침 동백 아가씨가 우리를 태워 용눈이오름 앞까지 데려다주었다. 동백 아가씨는 우리의 대화에 끼어들지 않고 운전대를 잡고 앞만 보고 운전했다. 우리가 내리려 하자 그녀가 정이를 붙잡고 귓속말을 했다. 용눈이오름에 올라 아까 언니가 뭐라고 했느냐고 물었다. 정이는 무슨 말인지 잘 모르겠다고 했다.

"근데 언니가 나보고 고맙대."

"뭐가?"

"그걸 모르겠어. 이제부터는 차를 혼자 끌고 갈 거라고. 나 때문에 운전대를 다시 잡을 수 있을 것 같았대. 왜 그런지는 모르겠어."

나만 알 거라고 생각했던 정이의 용기는 다른 사람에게도 그렇게 전달된 모양이었다.

용눈이오름에서 내려와 감귤을 집으로 부치고 다랑쉬오름까지 걸어갔다. 정이가 입구에서 다랑쉬오름은 다음에 오자고 마음을 바꿨다. 서울에서라면 신경질이 날 상황이었지만 뭔가 넉넉한 시간을 선물 받은 것처럼 나는 그러자고 했다. 다랑쉬오름은 몇 년 뒤에 남자친구랑 같이 오라는 농담도 건넸다. 다랑쉬오름 입구에서 발길을 돌려 버스 정류장에 앉아 다리를 쉬었다. 부산에서 왔다는 환갑을 넘긴 듯한 남자 둘이 성산으로 가는 길을 물었다. 방향을 확인한 후 머리가 흰 한 분이 내 옆에 앉았다. 다른 분은 길 쪽으로 나가 버스가 오는지 계속 기웃거렸다.

"저 친군 한시도 쉬질 않아. 온다는 버스를 앉아서 기다리면 되지."

한 명은 성마르고 하나는 쉬어가자는 주의였다. 정류장에 앉아 핸드폰으로 검색을 하던 정이가 갑자기 이중섭 미술관으로 가자고 했다. 그곳에서 이중섭 미술관을 가려면 버스를 세 번은 갈아타야 했다. 그래도 갈까? 물으니 정이는 당연하다는 듯 고개를 끄덕였다. 나도 그러자고 했다. 쉬운 길을 두고 돌아가는 것, 이것이 평소에는 할 수 없는 여행의 즐거움인지도 모르니까.

버스는 한라산을 끼고 전날 갔던 사려니 숲길을 지나갔다. 무뚝뚝한 버스 기사는 여기서 버스를 갈아타라며 우리를 산 위에서 내려주고 떠났다. 버스 표지판만 덜렁 있는 길이었다. 그곳에서 한참을 기다려 이중섭 미술관으로 갔다. 이중섭 거리에는 공사 중인 펜스에 이중섭의 가족이 그려져 있고, 극장으로 사용된 벽이 남아 있었다. 돌아오는 버스에서 정이는 버스를 기다릴 때 좀 황당하기도 하고 무섭기도 했는데 나중에는 그게 좋았다고 했다.

"그게 왜 좋았는데?"

"기다리니까 왔잖아. 그게 좋더라고."

*

여행이 끝나가니 책이 읽고 싶고 카페에 가고 싶었다. 정이는 지미봉에 올라 종달리를 한 번 더 보고 싶다고 했다. 아침에 일어나 가볍게 뒷산인 지미봉에 올랐다.

"근데 엄마, 옷에 이게 뭐야?"

정이가 내 쪽으로 와서 옷자락에 붙은 하얀 종이를 뗐다. 세탁소에서 스테이플러로 붙여놓은 이름표였다. 이름표에는 내 이름이 아니라 연이의 이름이 쓰여 있었다. 사고가 나기 전 연이가 세탁소에 맡긴 옷이었다. 시간이 없어 연이에게 부탁했던 게 떠올랐다. 연이는 이렇게 우리의 시간 어딘가에서 불쑥 튀어나왔다. 연이와 함께 왔으면 얼마나 좋을까, 그런 생각들이 지워지는 순간이었다.

"언니도 같이 왔었네."

정이가 말했다. 나는 정이를 꽉 안았다. 종달리 바다와 정이가 뛰어다녔던 우도가 우리를 마주보는 그곳, 바다가 보이는 언덕에 서였다.

"그래, 연이도 우리랑 같이 왔네. 여기 참 포근하고 좋다."

언덕 위에서 우리는 그림엽서의 눈사람처럼 바다를 바라보며 이야기를 나누었다. 정이는 내기에서 이겼으니 뭘 해줄 거냐고 했다. 나는 원하는 게 뭐냐고 물었다. 정이는 마음대로 해도 되냐고 했다. 나는 고개를 끄덕였다. 정이는 내 품에서 한참을 울었다. 나도 마음대로 울었다.

"이게 해보고 싶은 거였어?"

정이는 울다가 또 금방 웃었다.

"저기 가 보자, 엄마!"

문이 닫혀 있어 돌아서야 했던 책방 쪽을 가리키며 정이가 말했다. 며칠 전에는 낯설었던 길들이 우리가 돌아다닌 길들로 이어져 있었다. 지도에 있던 길들이 우리가 걸어 본 길들로, 책방의 위치도 어딘지 알 수 있었다. 언덕에서 내려와 소심한책방에서 각자 책을 고르고 버스를 타고 세화 바닷가로 향했다. 첫날과 반대 방향이었다. 우리는 옥색 바다가 보이는 카페에 앉아 첫날 그랬던 것처럼 반나절을 보냈다. 맛집을 찾아간 것도 아니고 숨어 있는 절경을 만난 것도 아닌데 정이가 여행 중 좋았던 것을 말하기 시작했다.

"첫날 편의점 찾으러 밤길 헤맬 때, 그때 종달리가 가장 예뻤어."

"밤이 동네에 내려앉은 게 보기가 좋더라."

"이중섭 미술관 갈 때 버스를 세 번이나 갈아탔잖아. 한라산 밑에 내렸을 때, 버스 정류장 표시라고는 둥그런 표지판만 덜렁 있는 곳에 내렸을 때도 좋았어."

"좋았어? 무섭지 않고?"

"조금 무서웠는데 그 아저씨 말대로 기다리니까 버스가 왔잖아. 그때 진짜 신기했어."

"나는 무서웠어, 정아. 근데 네가 있어서 무섭지 않더라. 또 있어?"

"그리고 오늘. 어제까진 여행하는 것 같았거든. 근데 오늘은 그냥 아는 동네에서 멍때리는 것 같고, 언니도 여기 같이 온 걸 알았잖아. 그래서 좋아. 사실 나도 울고 싶은데 못 울었거든. 근데 엄마가 같이 울어줘서 좋았어."

여행지는 어느새 아는 동네가 된 것 같았다. 밤의 종달리. 밤의 정류장. 밤의 초등학교. 밤의 지미봉. 낮의 세화. 낮의 사려니 숲길. 낮의 용눈이오름. 낮의 책방. 낮의 우도. 낮의 지미봉. 낮의 정류장. 달집으로 돌아가던 그 골목들이 이제는 익숙했다. 그날 밤에도 게스트하우스 손님방은 왁자지껄했다. 경주에서 온 고등학생들은 서귀포에서 산 빈티지 옷을 입고 이제 1년 동안 감옥살이를 해야 한다며 미리 인사를 건넸다. 반년살이를 하고 있는 동백 아가씨는 다음에 오면 비자림에 꼭 가 보라고 했다.

아침에 일어나니 비도 오고 안개도 심해서 정이를 안 깨웠다. 대신 점심때가 다 되어 바닷가를 끼고 돌았다. 봄처녀를 꼬시던 홍당무 총각과 버려진 감자와 무밭 이야기를 지어댔다. 종달항에서 이전에는 보지 못했던 '동쪽 끝' 카페를 만났다.

"엄마, 진짜 여기가 동쪽 끝인가 봐."

그냥 떠오른 대로 해본 말이었는데, 진짜 우리가 동쪽 끝에 와 있는 거였다. 바닷가를 보고 한참을 서 있다가 동쪽으로 갈까 서쪽으로 갈까 고민했다. 성산이 보이는 쪽으로 걸어가다 이곳이 올레 1길의 마지막 코스라는 것도 알게 되었다. 카페에 들어가 쉬는데 아이는 바다가 내려다보이는 언덕에서 먼 곳을 바라보는 세 명의 여자를 그렸다. 달집의 반달이 머리 위에 떠 있었다.

"달집에 줄 거니?"

뭐라고 썼는지 봐도 되냐고 물었더니 정이는 비밀이라고 했다.

"어느 책에서 봤는데 비밀은 인간만 가지고 있는 특징이래. 화장실 갔다 올게."

정이는 자기가 화장실 갔을 때 보고 싶으면 보라는 듯 그림엽서를 보며 "마음에 들어"라고 말했다.

달집은 어디서든, 누구든 찾아올 수 있는 곳인가 봐요.

여기, 달집에 언니와 나, 엄마가 함께 왔어요.

지미봉에서 언니를 만났어요. 고맙습니다.

쌍둥이 동생 올림.

사려니 숲길에서 말한 비밀의 비밀은 이런 것이었을까. 인간만 가지고 있다는 비밀을 지키기 위해 엽서를 보지 않은 척했다.

카페에서 나와 다시 걷는데 어디서든 지미봉이 보였다. 정이는 제주까지 왔으니 흑돼지를 먹어야 한다고 우겼다. 성산항에서 철새 도래지는 막혀 있고, 사려니 숲으로 갈 때 보았던 길 위에 우리가 있었던 걸 알게 되었다. 모르는 길을 돌았는데 같은 곳에서 만나는 것, 막 사귀기 시작한 벗처럼 201번 버스가 오는 게 보였다. 세 번이나 지나간 길이었는데 직접 걷지 않으면 알 수가 없는 거였다. 버스에 올라 바깥을 내다보았다. 길 위 어디서든 지미봉이 보이는 동쪽 바다 끝, 우리가 왔던 곳으로 우리가 돌아가고 있었다.

시멘트 소녀

내가 사는 건물과 건물 사이에는 주차장이 있다. 주차장에는 늘 셔터가 반쯤 내려가 있다. 옆 건물에 사는 사람들은 차가 들고날 때마다 셔터를 올리고 차를 뺀 다음 다시 차에서 내려 셔터를 내린다. 주차하는 사람들이 이런 불편을 감수하는 데는 이유가 있었다. 주차장에서 청소년들이 하도 담배를 피워서 창문을 열어놓을 수가 없었다. 큰길에 있는 항공학원에 다니는 아이들이 점심을 먹고 한차례, 저녁을 먹고 또 한차례, 야간반이 있는지 한밤중에도 떼로 몰려와서 담배를 피워댔다. 여름에는 창문을 닫을 수 없어 담배 냄새뿐 아니라 욕이 뒤섞인 그들의 대화를 고스란히 듣고 있어야 했다. 그 앞을 지날 때면 자연스럽게 얼굴이 찡그려지고 탁탁 소리 내며 걷게 되었다. 그럴 때면 주차장 안에서 수런거리던 소리가 잠깐씩 멈추는 것 같기도 했다.

이 새끼들 맨날 여기서 담배질이야. 나, 니들 하나도 안 무섭거든. 내 발소리는 그런 항의의 표시였다. 그렇게라도 불쾌함을 표현하는 편이 괜히 나서서 싸우다 애들한테 밀리거나 분을 삭이는 것보다 나은 것 같았다. 남편은 요즘 애들 무섭다고, 담배 피운다고 뭐라고 하면 꼰대가 된다고 했다. 그러면서 저 나이 때의 남자애들은 다 그런다고, 훈계한답시고 끼어드는 것보다 그냥 놔두는 편이 낫다고 했다. 그는 퇴근하고 들어올 때마다 주차장에서 만난 애들을 얘기하며 자기 학창 시절을 꺼내기도 했다. 그러고 보니 우리의 저녁상에서 항공학원 아이들이 등장하지 않은 적은 별로 없었다.

우리만 그런 것이 아닌 듯 두 건물의 세입자들이 모여 항공학원으로 찾아간 일도 있었다. 아래층 아줌마는 학원장은 만나지도 못하고 목소리만 높이다 주의를 주겠다는 직원의 인사만 받고 나왔다고 했다. 아줌마는 말끝에 실업고 애들이 다 그렇지, 하며 혀를 찼다. 어느 날은 옆 건물 고시원 관리인이 담배 피우는 아이들을 붙잡아 해당 학교에 고발하겠다면서 이름표를 뺏는 일도 있었다. 그다음은 어떻게 됐는지 알 수 없지만, 주차장에 모이는 아이들의 숫자는 줄어들지 않았다. 한 달에 한 번은 아이들과 어른들의 싸움이 벌어지고 경찰이 출동한 적도 있지만 아이들은 그 전에 흩어졌다. 그런 다음 날이 되면 동네 밤고양이들이 주차장에 모여 담배를 피운 것처럼 바닥에는 담배꽁초가 수두룩했다. 주차장 앞에 경고문을 붙이기도 하고 CCTV

를 달기도 했지만 소용없는 일이었다.

제일 처음 포기한 것은 옆 건물의 청소 아줌마였다. 아줌마는 주차장 안에 커다란 토마토 소스 통을 가져다 놓았다. 재떨이라도 있는 편이 바닥에 버려진 담배꽁초를 줍는 것보다 낫다고 했다. 옆 건물 주인은 어쩔 수 없다며 셔터를 내리자고 했다. 차가 들고날 때마다 스스로 셔터를 내리자는 불편한 제안인데도 반대하는 사람은 없는 모양이었다. 그렇게 해서 몇 년 동안 한 번도 내려진 적 없는 주차장의 셔터는 반쯤 내려진 상태가 되었다. 하지만 차가 들어가는 곳에는 아이들도 들어갈 수 있었다. 셔터로 가린다고 해서 틈이 없는 것은 아니었다. 아이들은 림보 놀이를 하며 더 재미있어 했다. 자기들이 이긴 것을 아는지 더 당당하게 주차장을 차지하고 있었다.

그날도 어김없이 주차장 안쪽에서 발소리가 들렸다. 내려진 셔터 아래로 무언가 움직이는 게 보였다. 조금 지나 셔터에 가슴이 닿을락 말락 하며 검은 코트가 림보 걸음으로 걸어 나왔다. 나는 움찔 뒤로 물러섰다. 검은 패딩 속에는 여자애가 있었다. 고등학생도 아니고 갓 초등학교를 졸업한 듯한 앳된 얼굴이었다. 유행하는 커다란 롱패딩이 아니라 오빠나 아빠 옷을 걸친 듯 패딩은 발끝까지 덮고 있었다.

"아줌마!"

내가 움찔거리는 게 재미있는지 소녀가 내게 말을 걸었다. 순간 나는 못 들은 척 고개를 돌렸다.

"아줌마! 저 부탁이 있는데요."

소녀는 평소 알고 지내던 아이처럼 내 코트 자락을 붙잡았다. 나는 담배를 사 달라고 할까 봐 반사적으로 소녀의 손을 밀쳤다.

뭐야, 왜 이래? 너, 담배 피우니? 여기서 이러면 어떻게 해. 그 냄새가 다 위로 올라온단 말이야. 너 몇 살이니?

이런 말들을 하려고 했지만 우선은 피하고 싶었다. 중년의 치한이 내 손을 붙잡은 것처럼 아이에게서는 더러운 냄새가 났다. 아이는 입술을 삐죽이며 우물거리다가 말을 삼켰다.

"치!"

그럴 줄 알았다는 듯 툭 한마디 내뱉을 뿐이었다. 그런데도 나는 소녀가 바닥에 가래침을 뱉으며 다리를 떠는 것처럼 불쾌했다. 바로 옆에 집을 두고도 들어갈 수가 없었다. 따라올지도 몰라. 건물 층수를 알아둘까 봐 겁이 났다. 아무렇지도 않은 척하며 집 앞으로 걷다가 이제 갔겠지 싶어 뒤를 돌아보았다. 소녀는 나와는 반대 방향으로 멀어지고 있었다. 길 양쪽으로 서 있는 가로등이 소녀만 비켜 간 듯 검은 코트가 길게 그림자를 끌고 가고 있었다. 나는 다시 돌아와 1층의 도어록 비밀번호를 눌렀다. 누가 보는 것도 아닌데 손가락이 떨렸다. 얼른 건물 안으로 몸을 숨기고 계단을 오르는데 이상한 일이었다. 누군가에게 양볼을 얻어맞은 것처럼 얼굴이 따끔거렸다. 저녁을 준비하면서도 계속 얼굴이 달아오르고 허둥거리다 달걀말이는 터지고 된장찌개에는 사온 두부를 까먹고 넣지 않았다.

"맛이 왜 이래? 설탕을 들이부었니?"

남편은 숟가락을 놓으며 말했다.

"된장찌개가 왜 달아?"

맛을 보니 진짜 달았다. 달아도 너무 달았다. 개수대로 가서 입을 헹궈도 단맛이 남았다. 된장찌개를 치우고 나니 식탁이 휑했다. 김을 구워 상에 올리며 말했다.

"아까 주차장에서 어떤 애를 만났거든."

남편은 또 무슨 일이 있었느냐고 물었다.

"무슨 일이 있었던 건 아니고, 어린애인 것 같은데, 중학교에 막 입학한 것 같더라고."

"이제 중학생도 와서 담배를 피워?"

"여자애더라고."

남편은 내게 그러는 것처럼 갑자기 버럭 소리를 질렀다.

"기집애가? 그걸 가만뒀어?"

"왜 소리를 질러? 끼어들지 말라면서?"

"중학생밖에 안 된 기집애가 담배를 피웠다면서."

"본 건 아니고, 주차장에서 나오기에……."

남편은 '어린 기집애'를 강조했다. 왠지 된장찌개에 설탕이나 넣는 정신 없는 아줌마를 욕하는 것 같아 내 목소리 톤도 높아졌다.

"기집애가 뭐야? 남자애들은 다 추억이라면서? 근데 여자애한테는 뭐라고 해야 해?"

"무슨 말이 그래? 그런 말이 아니잖아."

"그럼 무슨 말인데? 여자애는 담배 피우면 안 돼?"

그 순간만큼은 아이와 내가 같은 편이 된 것 같았다. 사실은 그 애가 나를 부르더라고, 담배를 사 달라고 할 줄 알고 피해버렸는데 뭔가 좀 찝찝하다고 얘기하려고 했는데, 남편은 내 얘기는 듣고 싶지 않은지 입을 닫아버렸다.

"치!"

나도 모르게 튀어나온 한마디에 남편은 아예 고개를 돌려버렸다. 식탁을 치우고도 어색한 침묵이 이어졌다. 나는 핸드폰으로 포털 뉴스와 스토리펀딩을 돌아다녔다. 고개를 숙이고 계단에 걸터앉은 교복을 입은 소녀의 사진이 걸려 있었다. 생리대를 살 돈이 없어 신발 깔창을 생리대로 썼다는 아이의 사연이 소개되어 있었다. 예전에 본 기사였다. 기사에 관심을 표현하면 기부를 할 수 있었다. 기부 금액을 누르고 아래에 달린 댓글들을 읽어나갔다. 대체로 내 또래의 여자들이 관심을 표현하고 있었다.

어떻게 해, 미안해, 아이야!

이렇게 돕는 것 말고 다른 근본적인 해결 방법은 없나요?

여학교에는 생리대를 무상 공급하라!

그 밑에는 그러면 여자들도 군대 가라는 댓글이 달리고 또 그 아래에는 여기서 군대가 왜 나와? 너도 평생 생리해 봐, 네 엄마가 널 어떻게 낳았겠니? 하는 설전이 벌어지고 있었다. 댓글창을 닫으려는데 새로운 댓글이 눈에 들어왔다.

치, 여자애가 담배 피우면 생리대 안 줄 거면서.

그 아래에 바로 누군가 댓글을 달았다.

너라면 공짜로 생리대 주겠니?

또 그 아래 댓글이 달렸다.

담배 사 피울 돈으로 생리대 사면 되잖아, 붕신아.

한참 있다가 댓글이 달렸다.

치사해.

무언가 말하려다 삼키던 소녀가 내게 말을 하는 것 같았다. 내가 피해버렸던 소녀의 눈빛이 되살아났다. 왜 그랬을까. 고개를 돌렸더라도 다시 물어 봤어야 했는데, 왜 물어 보지 않았을까. 왜 나를 불렀을까? 생리대를 사 달라고 한 거였으면, 그러면 어떻게 하지. 손가락 하나로 한 번도 본 적 없는 아이에게 기부금을 누르면서, 정작 내 손을 잡으며 부탁하던 아이의 사연은 듣지 못하다니. 나는 양볼을 얻어맞은 듯 얼얼했던 이유를 알 것 같았다.

열을 식힐 겸 덧옷을 걸치고 계단을 내려왔다. 셔터 아래로 주차장 안을 들여다보았다. 아무도 없었다. 고개를 숙이고 주차장 안으로 들어갔다. 셔터와 마주보고 있는 시멘트 벽면에 하얀 무언가가 있었다. 핸드폰을 켜고 담벼락을 비췄다. 시멘트에는 커다란 코트를 뒤집어쓴 소녀가 있었다. 검은 코트는 분필로 하얗게 칠해져 있었다. 아, 나는 손을 뻗어 소녀의 옷자락을 붙잡았다. 내가 부탁을 들어주지 않으리라는 걸 미리 알고 있었다는 듯 소녀는 시멘트 속으로 걸어 들어가고 있었다. 얼마나 그곳에 있었던 걸까. 시멘트 소녀의 발밑에는 다섯 개의 담배꽁초가 꽃잎처럼, 아니 난쟁이의 모닥불처럼 모여 있었다.

그 밤, 잠의 꽃밭에서

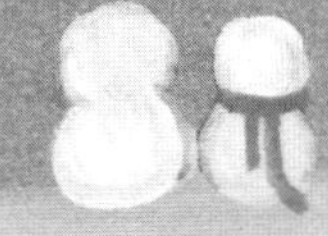

누군가의 잠을 본 적이 있다. 잠이 바깥으로 나와 잠자는 자신을 괴롭히는 모습, 끊임없이 잠을 못 자게 싸우는 잠의 일을 본 적이 있다. 십여 명의 작가들과 함께하는 여행은 처음이었다. 여행을 준비한 혜정 언니의 권유가 없었다면 그 처음은 없었을 것이다. 언니는 내게 여행을 권하며 이렇게 말했다.

"희진아, 내가 잠을 통 못 자는데 한번 잠들면…… 잠을 이상하게 자. 나랑 같이 방을 쓸 사람이 있었으면 하는데……."

그때 나는 집을 떠나 지방의 문학관 방을 하나 빌린 처지여서 굳이 다른 곳을 여행하고 싶지가 않았다. 언니는 말끝에 "같이 가주면 안 될까?"라고 조심스럽게 물었다. 그 말이 콕 박혔다. 방을 같이 쓸 사람이 필요하다는 건 무언가 내밀한 것을 내게는 들켜도 괜찮다는 말로 들렸다. 나는 그러겠다고 했다. 내게 이번 여행은 언니와 처음으로 떠나는 여행이 되는 거다. 다른 사람들은 어떻게 하든 상관하지 말아야지. 애써 섞이지 않아도 좋고 굳이 뒤로 빼지도 말아야지. 이 정도의 각오로 전날 집으로 와서 서울역으로 향했다. 각오라니, 여행에서 각오를 해야 한다면 나도 참 대책 없지, 속으로 웃으며 계단을 내려왔다. 아침 일곱 시 십오 분이었다.

내가 제일 먼저 도착한 것인지 역 내부 광장에 일행들이 보이지 않았다. 여유 있게 커피를 한 잔 주문하고 콜드브루 작은 것을 사서 가방에 넣었다. 그래도 시간이 남아 에스컬레이터를 타고 바깥으로 나갔다. 혜정 언니가 긴 머리를 휘날리며 달려오는 것이 보였다. 언니는 한 손에 지난해 겨울 광화문 광장에서 들고 다녔던 깃발처럼 긴 우산을 들고 있었다.

"어, 벌써 왔네. 잠깐만 여기 있어. 화장실 먼저 다녀올게."

자기 할 말만 하고 뛰어가는 언니의 얼굴은 회색이었다. 누군가 회색 얼굴을 보았냐고 물으면 혜정 언니를 가리킬 것처럼 얼굴색이 변해 있었다. 적당한 잠을 못 자면 얼굴이 회색으로 변하는 것일까. 내가 연달아 담배 두 개비를 다 필 때쯤 언니는 구부러진 우산 손잡이를 팔에 걸고 오다가 우산에 발이 걸려 넘어질 뻔했다. 그러곤 손과 발이 따로 움직이는 사람처럼 멋쩍게 웃으며 안경알을 닦았다. 언니의 어깨에 잠깐 손을 얹었다. 회색 얼굴이 나를 쳐다보았다.

"선생님들이 먼저 도착해 있으면 안 되니까 안내 데스크에 가봤는데 아직 아무도 안 왔더라고. 담배 하나 줄래?"

언니는 화장실을 가다 일행을 챙겨야겠다는 생각이 들었고 아직 이른 시간이라는 걸 알고 화장실은 까먹고 그대로 돌아온 거였다. 언니는 담배를 피우면서도 또 담배를 피워야 될 것처럼 계속 허둥대고 있었다.

"불편하게 왜 긴 우산을 들고 왔어?"

언니는 우산에 몸을 기대고 담배를 하나 더 달라고 손짓했다.

"이거라도 있어야 마음이 놓일 것 같아서. 이봐, 이렇게 기댈 수도 있잖니."

그러다 손목시계를 확인하고는 방금 불을 붙인 담배를 꺼버렸다. 언니는 이 어색함을 나한테만 들키는 걸까. 아니면 내게만 보여주는 것일까. 언니와 여행을 한다는 건 언니를 보는 일일까. 나를 만나는 일일까. 내 마음도 언니처럼 허둥대고 있었다.

조금 지나 역 광장에서 일행과 인사를 나누고 기차를 탔다. 일산에서 온 나이 든 선생님들의 대화가 들렸다. 한 분은 "지숙이, 너 아직도 혼자 사냐?"라고 물었고 "그렇죠" 하는 대답이 들렸다. 바로 "애인 없어?"라는 물음. 대답은 들리지 않았는데 이어서 "뭐, 어때? 같이 사는 애인 없니?"라는 높은 톤의 목소리가 퍼졌다.

"우리 때는 누구든 있어야 돼. 뭐 어떠니?"

앞과 뒤 옆에서 웃음이 터졌다. 내 뒤쪽에 앉은 소설가가 "누님, 저도 없어요" 하고 대꾸했다. 웃고 떠드는 사이 기차는 익산

역에 멈추었다. 여수와 거문도를 도는 이번 여행을 꾸린 최해훈 선생이 고개를 꺾어 이야기를 시작했다.

"예전엔 광주나 목포로 가는 사람들이 여기서 차칸을 옮겨탔어요. 여기서부터는 철로가 예전 거라서 완행으로 간다고 보시면 돼요."

아, 이 기차가 엄마가 말했던 예전 강경행 열차구나. 여수의 이모님댁에 가려다 엄마는 중간에 조는 바람에 광주를 처음 가봤다고 했었다. 안 그래도 최해훈 선생이 옛날에는 졸다가 광주까지 가버리는 사람들이 많았지, 하며 이야기를 했다.

"요즘에는 중간에 갈아타는 일이 없지. 그러면서 이야깃거리도 없어지고. 예전엔 여수에 도착해야 할 사람이 갈아타지 못하고 한밤중에 광주에 내렸으니 웃긴 일들도 많았대요. 잘못 든 길이 사람을 바꾼다고 바닷가에 살던 사람이 시내를 보니 얼마나 좋았겠어. 여수에는 광주 사람이, 광주에는 여수 사람이 그렇게 섞여들었다네."

열한 시가 넘어 기차는 종착역에 멈추었다. 역에서 내리자마자 눈앞에 바다가 펼쳐졌다. 안개가 바다를 한번에 보여주지는 않았지만 우리가 도착했을 때는 해무가 조금씩 걷히고 있었다. 여기가 여수구나. 기차의 종착역이 바다라니, 여수가 연인들의 도시가 되는 이유를 알 것 같았다. 여수의 첫인상은 해무였고, 해무 속에 여수 앞바다가 드러났다. 대학 때 이후 처음으로 십여 명의 일행과 함께 움직였다. 멀찍이서 천안에서 기차를 타고 먼저 도착한 이현자 시인과 몇몇 분들이 후박나무 아래 앉아 있는 모습이 보였다. 여수의 길잡이인 고찬수 시인은 골격이 남다르고 키가 무척 컸다. 큰 키에 사람 좋은 웃음으로 우리를 반겼는데, 잇몸과 윗니가 붙어 있는 환한 웃음이었다. 여수의 웃음인가. 여수의 바다, 여수의 해무, 여수의 후박나무, 보이는 것마다 여수라는 단어가 붙었다.

우리가 처음 간 곳은 갈치조림집이었다. 이현자 시인은 각자의 그릇에 덜어 먹어도 되는데 큰언니처럼 한 사람 한 사람의 그릇에 갈치를 놓으며 인사를 건넸다. 나는 반찬으로 나온 갈치새끼 볶음을 집어 먹었다. 혜정 언니는 그걸 어치라고도 하고 언니네 고향에서는 꽃치, 풀치라고 한다고 했다. 갈치조림에 반주를 한 잔씩 하고 바로 옆에 있는 갤러리 겸 음악회장으로 쓰이는 카페에 들렀다. 고찬수 시인은 버클리에서 피아노를 전공한 실력자가 그곳에서 연주를 한다고 했다.

갤러리 2층으로 올라가는 길에 나뭇결을 그대로 살린 기린 두 마리가 서 있었다. 아프리카 흑단으로 깎은 검은 기린이었다. 검은 기린 옆에는 〈밤바다의 꿈〉이 전시되어 있었다. 한 여인이 바다에 몸을 반쯤 담그고 달빛을 받은 파도를 이불처럼 덮고 있었다. 여자가 덮고 있는 바다 이불 위로 여객선과 돛단배가 떠 있었는데 오징어와 갈매기, 갈치가 그 위를 날아다니는 그림이었다. 혜정 언니는 그 그림 앞에서 "이 여자도 잠을 못 자는 것 같네" 하고 한마디 던졌다.

"자고 있잖아. 꿈 이야기 같은데."

내가 말했다.

"조용한 밤의 발라드 같지 않아요?"

몸에 딱 맞는 정장을 입고 허리를 꼿꼿이 펴고 계단을 오르던 피아니스트가 말했다. 그녀는 "발라드는 음악의 히스토리지요" 하며 피아노 앞으로 걸어갔다. 그녀는 혜정 언니를 바라보며 "〈녹턴〉은 밤의 노래랍니다. 밤바다를 닮았는지 들어 보세요" 하고 건반 위에 손을 올렸다. 그녀가 들려준 〈녹턴〉이 바다가 보이는 창을 치고 되돌아왔다. 갤러리에는 조용한 밤의 선율이 흘렀다. 통유리 사이로 건물 외곽 계단을 건반 모양으로 휘감은 피아노 건물과 확 트인 바다가, 건반을 밟고 오르는 작은 사람들이 보였다. 피아노 건물을 타고 〈녹턴〉이 흐르고 있었다.

*

갤러리를 나와 만성리 형제묘로 향했다. 여수를 여행하는 목적 중 하나였다. 형제묘는 진짜 형제가 묻힌 묘가 아니고 여순사건 때 죽은 사람들을 아울러 '형제'라고 부른다고 했다. 만성리 형제묘에는 백이십오 명의 희생자들이 묻힌 것으로 기록되어 있는데, 한 칸에 다섯 명씩 다섯 단으로 쌓아 기름을 붓고 태웠다고 했다. 당시 희생자들은 종산초등학교 버드나무에 묶이기도 했다는데, 그 대상자를 고르기 위해 생겨난 것이 누구나 걸려들

수 있는 분류법이라고 했다.

"내 맘에 안 드는 놈을 걸러내는 분류법을 쓴 거예요. 검은색 속에 흰옷 입은 놈, 흰옷 속에 검은 옷 입은 놈, 고무신 안 신고 운동화 신은 놈……. 그러니 누가 걸려들지 알 수가 없는 거지. 얼마나 불안했겠어요. 걸러내는 놈 마음대로였으니까. 그딴 식으로 평소 마음에 안 드는 놈들을 색출하는 거였어요."

고 시인이 형제묘 앞에서 설명을 이어갔다.

"그런 사건이 여순반란사건인데 그것이 학살인지 희생인지, 그 용어조차 60년이 지난 2007년에서야 논의되었거든요. 안타까운 건 비를 세우는 그때도 '학살'이라는 단어를 못 쓰고 '희생'비가 되었다고. 얼마나 억울한 겁니까. 60년이 지나도 국가에서는 희생으로 기리자고 그런다고. 도대체 무엇을 위한 희생이냐고? 여순사건으로 인해 국가보안법이 생겼잖아요. 그러니까 여순사건은 우리 형법의 역사와도 같이하는 셈인데 지금도 국가폭력을 '희생'으로 하지 않으면 기릴 수가 없어요."

"아직도 아득히 멀어요."

이현자 시인이 말했다.

"시간이 이렇게 지났는데도 아직도 멀었죠. 여기 만성리 학살지는 1948년 십일월 초순부터 잡혀온 사람들을 이 골짜기에 몰아넣고 흙과 돌로 암매장했다고 그래요. 동네 사람들은 알잖아. 그래서 여길 지나가는 사람들이 이 골짜기에 작은 돌을 던졌는데, 그 돌들이 여기 묻힌 사람들의 넋을 위로하면서 돌탑 무덤이 됐대요."

형제묘를 내려오다 입구에서 농사를 짓는 노부부를 만났다. 할아버지는 한쪽 끝에서 호미질을 하고 있었고 할머니는 형제묘를 지키는 사람처럼 "어디서 오셨소?" 하고 물었다. 서울에서 왔다고 하니 "먼 데서 오셨네. 잘 오셨소"라고 했다. 뭘 심고 있냐고 물으니 딸네 주려고 달맞이꽃을 심는다고 했다.

"딸이 잠을 잘 못 잔다고 해서 심었다우."

길가에 흔한 달맞이꽃도 농사처럼 씨를 뿌리느냐고 물었다. 할머니는 달빛을 받은 꽃이 여자한테 좋은 약이라고 했다.

"여기가 여수에서 달빛이 쉬기 제일 좋은 곳인가 봐요."

혜정 언니가 말했다.

"돌무덤이 있잖우. 밤에도 돌이 따뜻해야지. 그래야 삭혀지지. 달빛이 여기, 형제묘에 매일 들렀다 간다우."

한쪽에 있던 할아버지가 호미를 든 손으로 "저쪽에 위령비도 있소"라고 했다. 고찬수 시인은 안 그래도 그쪽에 들렀다 가려 한다고 인사를 건넸다. 위령비가 있는 곳으로 발길을 옮기다 고찬수 시인이 저분들도 사연이 있는 것 같다며 뒤를 돌아보았다.

"47년 당시 남한 인구가 칠천만이었고 여수 인구는 약 만 명으로 추정해요. 여순반란사건으로 그 인구의 십분의 일이 희생되었잖아요. 그러니까 열 집 건너 한 집씩 희생자가 있는 셈이라고. 제주 4·3의 경우 네 집 건너 한 집씩 희생자가 있다는 통계가 있으니까 이 좁은 땅덩이는 어디를 가든 학살의 기억을 새기고 있는 거야. 열 집 건너 한 집이니 여수 사람들은 우연히 만나도 얼굴에 저런 그늘이 새겨져 있어요. 저 집도 그런 것 같네."

위령비를 지나 '말아래마을'이라고 해서 지어진 마래터널을 걸었다. 마래1터널은 일제가 군량미 창고로 쓰기 위해 설계한 것이고 그 옆에 있는 마래2터널이 군사도로로 일일이 사람들이 손으로 파서 생긴 일방통행 터널이었다. 이 공사에는 푸른 옷을 입은 중국인 노동자들인 꾸리들도 동원되었다고 안내문에 적혀 있었다.

터널을 나오니 기울어진 해가 바다를 물들이고 있었다. 저녁을 먹기 전에 임진란 때 수군의 중심지였던 진남관을 둘러보고 노량해전에서 이순신이 전사하자 부하들이 공의 죽음을 슬퍼하며 세웠다는 타루비가 있는 고소대에 올랐다. 고소대에서부터 여순사건의 학살 진원지였던 종산초등학교가 내려다보이는 언덕길을 걸었다. 내내 말이 없던 박희준 선생이 입을 열었다.

"저기가 내가 졸업한 초등학교예요."

모두 선생의 손끝을 쳐다보며 다음 말을 기다렸다.

"어릴 때는 여순사건은 잘 몰랐어요. 아버지가 공무원이어서 발령지를 따라 수시로 여기저기 떠돌아다녔거든. 그래서 내가 어릴 때 친구들이 없어요. 그런데 저곳은 졸업한 곳이라 내게도 각별하지요. 예전에 여수에 왔다가 지금 고찬수 시인의 배려로 이곳저곳 둘러보며 여순사건에 대해서 더 알게 되었어요. 그때 심정을 시에 담기도 했고……."

선생님이 진도 앞바다에서 낭송했던 시가 떠올랐다. 시인들은 사람들의 아픔을 곳곳에 새기고 있었다. 언덕을 내려오며 여수 벽화마을을 둘러보았다. 만화가 허영만의 만화 주인공들이 담장에서 뛰어 놀고 있었다. 그런데 우리를 웃기고 멈추게 한 벽화는 벽에서 튀어나올 것 같은 만화 주인공들이 아니라 낙서였다. 누군가 그려놓은 그림에 '우리 몰래 여행 왔어요' 하는 낙서가 첨가되고 그 옆에 한 시인이 '우리도 왔어요' 하고 그림을 그렸다.

해안도로를 따라 〈여수 밤바다〉의 노랫소리가 돌림노래를 하듯 이어졌다. 노래가 나오는 포장마차들은 도로 끝까지 한 평씩 연결되어 있었고, 그 끝에 해안가에서 가장 오래된 대폿집이 있어 평상에 앉아 신발을 벗었다. 고찬수 시인은 "여가 내가 자주 찾는 여수의 맛집입니다. 여기까지 오셨으니 다들 쉬며 한잔들 합시다" 하고 잔을 들었다. 평상에서 여수 앞바다를 보며 막걸리를 마셨다. 밑반찬으로 나온 소라를 까고 메추리알도 까며 혜정 언니가 내 입에 그것을 넣어주었다. 반나절을 같이 걸어서인지 노랫소리처럼 편한 행동이 풀려나왔다.

배가 고파 정신없이 음식을 먹고 나와 숙소로 향했다. 주인장이 캘리그라피를 하는 게스트하우스였는데 1층에 시들이 가득했다. 짐을 풀고 게스트하우스 옥상에 모여 하루를 마감하는 시간, 낮에 걸었던 언덕들이 보이고 가 보지 못한 바다가 펼쳐졌다. 바닷가 언덕에 핀 노란 꽃들은 보이지 않았으나 달빛은 그물망처럼 퍼지며 밤을 물들이고 있었다. 옥상에서 앵두 두 알을 따서 방으로 돌아오니 혜정 언니가 방이 하나 남는다고 얼른 짐을 옮겼다. 같이 방을 쓰자고 했으면서 빈말이었나 싶어 앵두 두 알을 다 내 입에 넣었다.

*

월요일과 화요일 양일간 해무로 배가 뜨지 못했는데 아침에 일어나니 일곱 시 삼십 분에 거문도행 여객선이 뜬다고 했다. 게스트하우스 주인은 밤사이 여행객들의 이름을 적은 책갈피를 로비 테이블에 올려놓았다. 방마다 묵고 간 여행객들의 흔적을 캘리그라피로 써서 방을 꾸민다고 했다. 방명록에 뭐라고 쓸까 고민하다 엽서를 끼웠다.

여수의 첫 밤, 앵두 두 알 따먹었어요.

간단하게 아침을 마친 작가들이 돌담에 앉아 담배를 피우고 커피를 마시며 정담을 나누고 있었다. 창을 통해 본 그들의 등이 하루만큼 더 다정해 보였다. 전날 도착한 여수항으로 가서 거문도로 들어가는 배에 올라탔다. 여객선은 1층과 2층 객실로 나뉘어 있었고 뱃머리로 나오지 못하게 되어 있었다. 비행기 같은 객실은 다섯 칸으로 나뉘어 의자가 빼곡하게 차 있었다. 창가에 앉으면 잠을 못 잘 것 같아 통로 쪽으로 앉았다.

배를 타면서부터 안내를 맡은 고향이 거문도인 최해훈 선생은 멀미 대처 요령으로 세 가지를 알려주었다. 첫째, 엄지와 검지 사이 혈을 꾹꾹 누른다. 그래도 거북하면 무조건 하체를 헐렁하게 하라고 했다. 양말이나 신발은 벗어버리라고. 여기선 누구도 뭐라 안 한다고 했다. 그래도 안 되면 마지막으로 검은 봉지를 대령하라고 했다. 혜정 언니는 오른쪽 이어폰을 내 귀에 꽂으며 "야상곡, 〈녹턴〉이야"라고 했다. 전날 여수에서 녹음한 것인지 중간에 "잠의 노래네" 하는 언니의 목소리도 섞여 있었다. 통로로 신문팔이 할아버지가 왼손에 신문을 끼고 "자, 박근혜 수갑 차는 거 보쇼. 천 원!" 하며 지나갔다. 호외를 외치는 시절로 돌아간 것 같았다. 창가 쪽에 앉은 낚시꾼이 신문을 달라고 손을 들었다. 그는 1면을 보며 웃다가 신문을 얼굴에 덮고 잠이 들었다. 중간에 최해훈 선생이 담배 피울 사람들은 빨리 따라오라고 손짓했다. 배가 중간 섬에서 멈춘 잠깐 사이 선상으로 올라가 피우고 얼른 내려와야 한다고 했다.

"이런 날은 진짜 오랜만이네. 누가 파도를 다 쓸어놨잖아."

최해훈 선생이 바다 쪽으로 손을 내밀었다.

"파도를 쓸어요?"

"깨끗하게 쓸었잖아, 봐봐. 이런 날 며칠 없어. 진짜 날 잘 잡았네."

배가 출발한다는 안내방송이 나왔다. 배는 삼십 분을 더 달려 거문도에 도착했다. 도착하자마자 거문도에 하나밖에 없다는 모텔에 짐을 풀었다. 해밀턴 모텔이었다. 모텔뿐 아니라 슈퍼나 낚시가게도 해밀턴이라는 상호가 붙어 있었다. 왜 거문도에 '해밀턴'이라는 이름이 이렇게 많지 싶었는데, 그건 짐을 풀고 영국인 묘지가 있는 언덕에 올라가서야 알게 되었다. 거문도에는 영국군이 주둔한 적이 있어서 영국과 관련된 이야기가 곳곳에 남아 있었다. 영국군 사령관이었던 해밀턴이 거문도에 만들어놓은 주된 시설이 있는데, 거문슈퍼 아저씨는 그게 뭔지 아냐고 물었다.

"등대라고 본 것 같은데."

"등대는 처음은 아니고, 시내 간판을 잘 보면 당구장이 꽤 많을 거요."

"당구장이 처음 생긴 게 거문도라고요?"

최해훈 선생은 전국에서 처음으로 생긴 당구장과 탁구장이 거문도에 있다고 했다.

영국인 묘로 오르는 길은 거문도의 첫인상을 결정지었다. 동거문도와 서거문도 사이로 해무가 짙게 깔려 있었다. 서거문도에서 봐도 해무 뒤로 동거문도가 보이겠지. 서로 마주보는 그사이 바다를 섬사람들은 호수라고 부르고 있었다. 해풍에 자란 바다쑥과 만리향이 해무 속에 향기를 펌프질하고 있었다. 쑥갓이 무리로 흔들리며 노랑을 반사하고 곳곳의 동백과 낯선 풀들이 아침 빛을 받아 환했다. 해밀턴 묘 옆으로는 여수에서도 보았던 달맞이꽃이 꽃잎을 닫고 밭을 이루고 있었다. 노란 꽃잎들 위로 안개가 내려앉아 이슬이 맺혀 있었다. 언덕길이 무척 마음에 들었다. 여수의 언덕길과 거문도의 언덕길은 바다와 육지의 그것처럼 저녁과 아침을 보여주고 있었다. 거문도의 언덕길은 자연에게 내

어준 안개의 길이고 여수의 언덕길은 사람들에게 내어준 달빛의 길이었다.

언덕을 내려와 바닷물에 발을 담그고 노는 사람, 우산을 쓰고 바위에 걸터앉은 사람, 둘씩 셋씩 앉아 박수를 치며 이야기하거나 혼자 멀뚱히 앉아 있는 사람, 모두 거문도의 바닷바람이 안아주고 있었다. 돌과 바위의 해변을 걸어 나와 거문도 횟집으로 들어갔다. 매운탕이 끓고 있었다. 식당주인이 큰소리로 어서 오라고 우리를 반겼다. 최해훈 선생이 거문도에 올 때마다 끼니를 때우는 밥집이라고 했다. 벽면 곳곳에 최해훈 선생의 식당 소개 글이 붙어 있었다. 매운탕과 같이 나온 김치를 보며 혜정 언니가 저쪽 테이블에서 나를 불렀다.

"희진아, 이거, 이 김치 먹어 봐. 이게 우리 엄마 김치 맛이랑 똑같아."

나는 얼른 김치를 들었다. 이 먼 곳까지 와서 엄마를 느낄 수 있는 것이 김치라니.

"바다에서 나는 그거, 청각을 넣은 거지요?"

언니는 맞다고 했다. 청각을 넣어서 양념한 김치는 사이다처럼 톡 쏘고 시원했다. 밥을 먹은 후에 식당 앞에 있는 테이블에 앉아 담배를 피웠다. 최해훈 선생은 지난해 거문도의 배들을 바다에 띄우고 박근혜 정권 퇴진 깃발을 꽂았던 해상 시위 얘기를 해주었다.

"뭐 시위는 서울에서만 하나? 여긴 바다가 텃밭이니 바다에

배를 풀었지. 지나고 보니 재밌는 거지, 해경에 붙잡힐까 봐 혼났어."

"그 기사에 실린 사진을 보고 최해훈이 한 건 했네 싶었지. 그때 진짜 짜릿하더라고. 바다에 깃발을 꽂았으니 우리는 산 정상에도 꽂자고 했다니까."

대구의 시인도 충청도의 시인도 각 지역의 이야기를 풀어놓았다. 그러다 대구와 포항, 충청도의 조금씩 다른 고추 이야기가 이어졌다. 사람들은 그동안 웃음을 빼앗겼던 것처럼 정신없이 웃어댔다.

"한 번은 할아범이 장어를 먹고 온 거지. 누워 있는 할멈을 툭툭 치면서 말해. 할까?"

"하라고 해야지."

대구의 시인이 끼어들었다.

"당연하지. 먹었으니까 그럼 해봐, 그러지. 한참을 했다고. 할아범은 의기양양하게 물었지. 지가 생각하기에는 장어도 먹었겠다 평소보다 괜찮았거든. 근데 할멈이 뭐라 그랬을까?"

모두들 알듯 말듯 근지러운 표정을 지었다.

"한겨?"

누군가 툭 던졌다. 사람들이 탁자를 치며 웃어댔다. 혜정 언니는 배를 잡고 몸을 흔들며 사람들이 다른 얘기를 하는 순간까지 웃음을 멈추지 않았다. 보다 못한 최해훈 선생이 말했다.

"세상에서 재 웃기는 게 제일 쉬워. 재가 지난해 매일같이 시국 관련 보도자료 쓰고 광장에 사람들 모으느라 욕이란 욕은 다 처먹어서 웃음이 고픈가 봐."

반대편에 있던 이현자 시인이 혜정 언니를 바라보는 게 보였다. 걱정 가득한 눈, 다들 웃고 떠드는 속에서 그녀는 혜정 언니를 향해 눈빛을 보내고 있었다. 혜정아, 그러지 마. 그렇게 웃지 마. 눈빛은 그런 소리를 담고 있었다. 나는 혜정 언니와 배를 맞대고 같이 웃었다. 그래도 언니처럼 길게 웃으니 웃음이 썼다. 웃음이 쓴 사람, 왜 저렇게 온몸으로 웃어야 할까.

낮에 배가 뜬다고, 백도까지 가 보자고 최해훈 선생이 말을 돌렸다. 배를 타러 가는 길에 최해훈 선생이 말했다.

"혜정이 재는 저렇게라도 웃지 않으면 죽을 거야."

뭔지는 모르지만 알고들 있구나, 안심이 되었다.

"저기서도 사람들이 죽었다고 그래요. 저기도 그렇고. 거문도 해변에서도 억울한 사람들이 많이 죽었지."

최해훈 선생은 배가 달리며 걸리는 풍경마다 손짓을 해댔다. 배를 타고 한 시간여를 달리니 오른쪽에 금강산을 축소해놓은 듯한 뾰족한 섬들이 보였다. 왼쪽으로는 성산봉을 닮은 섬이 떠 있었다. 섬 위로는 너른 평지가 이어지고 하얀 등대가 솟아 있었다. 최해훈 선생은 1년에 한 번씩 백도를 청소한다는 명목으로 사람들을 모아 저곳에 오른다고 했다.

"저기가 물고기 밭이거든. 근데 낚시를 못하게 하니까 사람들이 지들이 가져간 쓰레기를 지들이 담아오면서 청소한다고 명목을 만든 거지."

배가 백도를 돌아 한참을 달리다 갑자기 멈추었다. 엔진을 끄자 우리를 태운 배는 돛단배처럼 파도를 타며 출렁였다.

파도를 타는 배에서 너무 어지러워서 기관실로 들어갔다. 높은 의자에 앉아 있던 분이 자리를 내주었다. 배에 이상이 생긴 것 같았다. 키의 오른쪽에 있는 내비게이션은 색깔별로 여덟 개의 버튼이 있었고, 비행기 계기판처럼 온오프 단추가 여섯 개씩 두 단이 있었다. 키를 잡은 조타수는 급하게 선장을 불렀다. 키가 오른쪽으로 안 먹는다는 거였다. 선장은 배가 26년이나 됐으니 여기저기 고장이 날 만도 하다면서 배를 앞뒤로 왔다 갔다 하며 시험했다. 오일과 유압을 체크하고 이상이 없으니 키와 연결된 전선이 문제가 있을 거라고 진단했다. 그 상태로 배는 수동 방식으로 조금씩 섬으로 향했다. 갑판에 나와 보니 사람들이 벌써 몇 번 검은 봉지에 매운탕을 쏟은 뒤였다.

다들 기운이 빠져 숙소에서 한 시간쯤 쉬고 저녁을 먹으러 밖으로 나왔다. 저녁을 먹고 다리를 건너 서거문도로 갔다. 거문도의 명물 등대밴드의 공연이 있다고 했다. 거문도에 한 대밖에 없는 택시기사는 보컬로 나섰다. 분위기가 후끈 달아오를 즈음 우리의 식사를 책임졌던 거문도횟집 주인이 마이크를 잡았다. 나는 손바닥이 아플 정도로 박수를 쳤다. 온몸에서 노래가 뿜어져 나오는데 파도를 먹어버릴 듯 성량이 우렁찼다. 그 큰 손으로 살아가려면, 저 정도의 배포라면 자잘한 것들은 눈에 차지도 않겠다고 생각했다.

춤과 노래에 미친 거문도의 밤, 오줌을 누러 밖으로 나왔다. 멀리 문선명이 지었다는 별장에는 여행객들이 묵고 있을 테지만, 밤을 빌어 길에다 오줌을 눴다. 멀리 밤바다에 불빛이 두 개 걸려 있고 등대 불빛이 같은 간격으로 내 쪽을 비추면서 지나갔다. 나는 불빛 두 개를 찍어 남편에게 보냈다. 파도소리도 보내고 싶었지만, 그건 내 것으로 남겨두었다.

올 때 건너왔던 다리를 건널 때 박희준 선생이 사람들의 손을 잡고 걸었다. 이런 여행이 참 편하고 좋다고 했다. 나는 뒤를 따라가며 그들의 뒷모습을 사진기에 담았다. 비틀거리고 흔들리고 가끔 춤을 추는 발걸음이었다. 혜정 언니가 내 어깨에 손을 얹었다. 등대의 불빛이 우리의 그림자를 먹었다 뱉었다 다시 먹고 있었다.

*

그 밤, 남편은 내게 등대 길에 가야 한다고 했다. 등대 길을 가지 않으면 거문도에 다녀온 게 아니라고도 했다. 전화를 끊으니 혜정 언니가 말했다.

"남편이랑 친구처럼 얘기하는 게 부럽다."

"떨어져 있으니까. 그런데 등대 길을 꼭 가 봐야 한대요. 거길 안 가면 거문도에 왔다 간 게 아니라는데."

남편에게 들은 말을 옮겼다. 혜정 언니는 바로 최해훈 선생과 통화를 했다.

"안 그래도 내일 아침에 등대로 갈 거래. 원래 배 타고 와서 저녁 먹기 전에 가려고 했었는데 사람들이 너무 지쳐 있어서 일정을 바꾼 거라고 하네."

나는 괜히 으쓱해졌다. 언니는 전날 여수에서 한잠도 못 잤다면서 안경을 벗어 머리맡에 두었다. 일찍 자려나 싶었는데 언니가 갑자기 나를 불렀다.

"희진아, 나 시력이 안 좋아. 작년에 일이 감당할 수 없을 정도로 많았잖니. 그래서 내 몸이 많이 망가졌어. 오른쪽 눈 시력이 회복이 안 된다고 그러네. 병원에 갔다가 혼났어. 너무 늦게 왔다고. ……근데 내가 내 몸 챙길 시간도 없었다고 하면 멍청하다는 소리만 돌아오더라."

화장을 지우던 손이 멈추었다.

"시력이? 그래서 그렇게 허둥댔던 거야? 치료가 안 된대?"

"지나갔어. 치료할 방법이 제때 가는 거였는데 어쩔 수 없지. ……희진아! 너는 죽고 싶은 적이 없니?"

"많지. 많아."

"나, 있잖아. 예전에 동거했던 사람이랑 헤어지고 난 후에 힘들었거든. 그때 한 문학 모임에서 활동하고 있었는데 모임 장소로 그 사람이 찾아왔었어."

언니는 눈을 감고 이불 속에서 브래지어를 풀어 옆에 놓았다.

"너도 풀어놔. 답답하지 않니?"

내 비밀도 풀어놓으라는 줄 알고 멈칫하다가 나도 브래지어를 풀어 가방에 넣었다.

"그때는 마음을 다 정리했다고 생각해서 그가 기다리든 말든 회의만 하고 있었지. 근데 회의 끝나고 술자리를 하잖니. 그 사람은 그때까지 문밖에 있었고."

언니는 잠이 든 것처럼 멈추는가 싶다가 말을 이어갔다.

"그때 내가 큰 대접 있잖아, 그런 거에다 소주 세 병을 다 털어 넣고 그걸 한 숨도 쉬지 않고 다 마셔버렸다."

"세 병을 한 번에 마셨다고? 말도 안 돼."

"그러니까. 사람이 소주 세 병을 한 번에 다 마신다는 게 말이 되니? 근데 내가 그때 정말 그 짓을 했다."

감긴 언니의 눈가가 파닥이며 떨렸다.

"그다음에 어떻게 됐냐면……."

"어떻게 됐어?"

"쓰러졌어."

언니는 누운 자리에서 배치기를 하듯 킥킥 웃었다. 점심때 웃던 웃음을 이어 붙인 조각보 같은 웃음이었다.

"취한 게 아니라 그냥 졸도해버린 거지. 숨을 못 쉴 정도였으니까. 사람들이 나를 실어다 응급실로 데리고 갔대. 눈을 떴는데, 하, 헛웃음이 나오더라. 다른 게 아무것도 생각이 안 나고 내가 나를 죽이려고 했던 것만 또렷하게 남더라고."

언니가 덮고 있던 이불이 위아래로 술렁였다. 배는 웃고 있는데 언니의 눈가는 계속해서 떨렸다.

"있잖아, 나 그때 정말 좋았거든."

"좋았다고?"

"아무 생각도 안 하고 나만 생각한 거. 그런 내가 견딜 수 없으니까 초인적인 힘이 솟은 거야, 죽고 싶다는. 그렇게 해버린 게 처음이었어."

"그게 좋았단 말이야?"

"어, 진짜 좋았어. 어렸을 때 내게 좋은 일이 생기면…… 학교에서 상을 받았다거나 성적이 올랐다거나 하면 늘 나쁜 일이 생기더라. 감당할 수 없을 정도로 나쁜 일이 생겨버리는 거야. 아버지가 엄마를 죽도록 때리거나……."

언니의 목소리는 잠에 먹힌 듯 구불구불하고 흐릿하다가 다시 또렷해졌다.

"그러니까 그때부터였던 것 같아. 나한테 좋은 일이 생기면 나는 그걸 무조건 숨겨버렸어. 좋아도 좋다고 표현을 안 해버리는 거야. 또 안 좋은 일이 생기면 안 되잖아. ……그러면서 어떤 생각을 했냐면."

언니는 끊어진 시간을 더듬듯 조용했다. 언니의 얼굴을 쳐다보았다. 잠의 얼굴이 그럴까. 회색으로 들뜬 얼굴에 누군가 계속 가면을 씌우며 우는 듯 웃는, 웃다가 돌연 멈추는 적막이 흘렀다.

"오늘 죽어도 좋다. 오늘 아니면 내일 죽어도 좋다."

잠든 줄 알았는데 한참 있다가 그 적막을 깨며 언니가 말했다.

"조금 더 큰 다음에는 죽어도 좋다가 죽고 싶다로 바뀐 것 같아. ……그러다 나를 죽이고 싶다는 행동으로."

"지금도 그래?"

나는 언니의 잠과 이야기를 나누는 것 같아 조심스럽게 물었다.

"그렇지 않아. 그게 우스워. 그게 나한테 너무 큰 빗장을 채워놨거든. 그와의 일들이 기억이 안 나는 건 아닌데 가슴이 아프지는 않아. 내가 한번 나를 죽였잖아. 그때의 나를 죽여 봤으니까 마음이 안 아픈 거야."

"안 아프려고 그러는 거 아니야? 사실은 아프잖아."

"아니야. 안 아파. 그때부터인 거 같아. 약을 먹기 시작하면서 감정이랑 기억이 따로 놀아. 남편이 한번은 그러더라. 내가 예전에 자기 처음 만났을 때처럼 밤마다 헛소리를 한대. 싸우기도 하고 침도 뱉는대. 욕도 하고. 아주 큰 소리로. 그게…… 무섭대."

"안 아픈 게 좋은 게 아니니까. 아파야 하는데."

"내가 이 얘기를 왜 하냐면…… 희진아, 나 지금 약 먹었거든. 혹시 내가 소리를 지르더라도 놀라지 말라고. ……그리고 얘기해줘. 내가 어떻게 했는지. 일어나고 나면 나는 아무것도…… 기억이…… 안 나거든. 그래서 아…… 침이 무서…… 워."

혜정 언니의 목소리는 스르륵 멈추었다. 잠이 든 것 같기도 하고 아닌 것 같기도 했다. 바다를 건너와도 육지의 일들이 침입하

듯 언니의 잠은 현실과 구분되지 않는 일상 같았다. 언니는 잠이 든 것이 아니라 잠에 먹히지 않으려고 잠을 기록하고 있었다. 눈물이 멈춘 건가 싶었는데 금세 삿대질하는 욕이 들렸다. 그 욕은 언니를 향하고 있었다. 잠 속에서 언니는 언니와 싸우고 있었다.

그 밤, 나는 언니의 이야기를 들은 것이 아니라 언니의 잠을 보았다. 회색의 얼굴, 잠은 회색의 얼굴을 하고 잠든 몸에 침을 뱉고 욕을 하고 있었다. 이번 여행은 언니의 잠에 동참한 것처럼 나는 내내 몸을 뒤틀었다. 자기를 죽여 봤냐는 물음이 쉬지 않고 욕을 해대는 언니의 잠 속에서 풀려나오고 있었다. 낮 동안의 과장된 웃음과 어색한 허둥댐이 순간 다 이해가 되었다. 여수에서, 거문도의 언덕에서 보았던 달맞이꽃이 눈앞에 아른거렸다.

여자에게 좋다는 그 꽃이 언니의 잠 속에서 피었으면. 억울한 자들의 얼굴빛으로 땅을 뚫고 달을 맞으러 나온 꽃들이 언니의 잠도 먹어버렸으면. 자기를 죽여 봤다는 그 밤을 넘어 잠 속으로 들어와 피었으면. 잠을 먹는 밤의 꽃밭에서 이제는 좀 쉬어, 라고 달빛이 내려앉았으면. 나는 밤의 노래라는, 잠의 노래일지도 모를 〈녹턴〉을 틀고 머리맡에 둔 언니의 안경알을 닦았다. 밤의 노래를 껴안은 달빛이 회색의 얼굴을 덮어주는 밤이었다.

달빛을 만진 날

준섭은 달렸다. 닭튀김을 배달통에 넣고 달렸다. 너무 늦게 도착하면 주문을 취소할 수도 있다. 취소한 닭과 닭값은 고스란히 준섭이 떠안아야 했다. 그러면 하루 일당이 훅 빠져나가고도 더 달려야 했다. 준섭은 달렸다. 자동차들 사이로 곡예하듯 달렸다. 배가 고프긴 했지만 닭을 먹기는 싫었다. 배달 취소된 닭은 욕을 먹어서 그런지 징그럽게 맛이 없었다. 친구들을 불러내 식은 닭을 주는 것도 한두 번 하다 보니 버리는 게 나았다. 준섭은 달렸다. 신호도 무시하고 달렸다. 이렇게 달려도 늘 늦었다. 주문한 집에 도착하면 "늦어서 죄송합니다"로 시작해야 했다. 준섭은 달렸다. 주문이 걸려 있는 집이 네 곳이었다. 모두 닭을 기다리고 있었다. 모두 닭을 기다리고 있었으므로 왜 이렇게 늦느냐고 짜증을 냈다. 달리는 중에도 주문 오더가 들어왔다. 준섭은 달렸다.

앞 차를 가볍게 제치고 차 사이로 방향을 틀어가며 달렸다. 신호에 걸리면 보도를 건너는 사람들 사이로 빠르게 치고 나갔다.

준섭은 달렸다. 달리고 있었다. 키이익, 브레이크를 거는 앞 차가 보였지만 달리던 속도를 줄이기에는 늦었다. 준섭은 앞 차와 부딪히지 않으려고 핸들을 꺾었다. 뒤에서 달리던 차가 준섭의 오토바이를 살짝 건드리며 멈췄다. 준섭은 날았다. 몸이 떠올랐다. 눈을 떴던가. 눈을 감았던가. 머릿속에서 달빛 같은 전구가 터지고 있었다. 바닥에 떨어지면서 터진 전구의 파편이 온몸에 박히는 것 같았다. 몸을 움찔거릴 때마다 깊숙이 찔러댔지만 아픈 감각이 없었다. 준섭은 눈을 감았다. 눈을 감고 박힌 파편을 뽑아내려고 손가락을 움직이려다 그대로 힘이 빠졌다.

준섭이 눈을 떴을 때는 커다란 달이 보였다. 대로에 누워 눈을 감았다 뜨는 아주 잠깐 사이였다. 차들만 있던 도로에 왔다 갔다 하는 사람들의 다리가 보였다. 준섭은 헬멧을 쓴 상태로 고개를 옆으로 돌렸다. 멈춘 차들과 사람들 다리 사이로 돌덩이가 보였다. 그림자를 말아놓은 듯한 검은 돌이었다. 그 돌은 일어서려고 부르르 몸을 떨고 있었다. 고개를 바로 하니 사람들의 얼굴이 가깝게 다가왔다.

"괜찮니?"

"정신이 드니?"

"이봐 배달?"

눈만 껌뻑이는 준섭에게 사람들이 한마디씩 말을 걸었다. 준섭은 다시 바닥에서 고개만 돌려 몸을 떠는 돌을 바라보았다. 그것은 사람들의 관심도 없이 일어나 걷고 있었다. 검은 돌이 움직였다. 돌이 걸었다. 돌은 절뚝이고 있었다. 준섭은 그것을 따라 하듯 몸을 일으켰다.

"얘? 정신이 드니?"

준섭은 손을 뻗었다. "돌이……" 손가락으로 그것을 가리켰다.

"뭐라고? 이제 정신이 드니?"

준섭은 절뚝거리며 걷는 돌과 자기 앞의 남자를 번갈아 쳐다보았다. 공중에 떠 있던 조금 전의 정신이 돌아온 건지 자동차 사이로 걷던 돌은 검은 개의 모습으로 변했다. 준섭은 검은 개가 그랬던 것처럼 부르르 몸을 떨었다.

"일어날 수 있겠어?"

준섭은 사람들의 부축을 받으며 일어나 헬멧을 벗어 손에 들고 눈으로 오토바이를 찾았다. 길 한복판에 오토바이가 넘어져 있었다. 차에 치인 것은 닭인지 닭다리와 날개와 목과 가슴이 사방에 흩어져 있었다. 준섭은 걸었다. 걸어가 오토바이를 세웠다.

"괜찮겠어? 병원에 가 보자."

누군가 말했다. 준섭은 고개를 저었다. 주머니에서 진동이 울렸다. 주문 취소 문자가 두 건 있었다. 사장한테도 부재중 전화가 들어와 있었다.

"괜찮은가 보네."

준섭을 부축하던 남자가 급하게 지갑을 꺼냈다.

"문제가 있으면 전화해. 안 그러면 뺑소니가 되니까 꼭 전화해라."

그러곤 명함 뒤에 만 원을 깔고 준섭에게 건넸다.

"약국이라도 가라. 네가 방향을 틀어서 다행히 사람이 다치지는 않았어. 근데 너 고등학생이냐?"

준섭은 바닥에 떨어진 닭 날개를 주워 배달통에 던졌다. 만 원은 배달을 다섯 군데는 돌아야 버는 돈이었다. 하지만 주문 취소된 것을 채우려면 사만 원은 뱉어내야 했다. 준섭에게 시간은 돈이었다. 길에서 넘어지든 말든, 차에 치이든 말든, 그 시간을 채워줄 사만 원이 필요했다. 사람이 다치지는 않았다고? 나는 사람 아니야? 이런 말이 목구멍까지 올라왔다. 준섭은 멈칫거리다 차로 돌아가려는 남자의 손목을 붙잡았다.

"저……."

남자는 준섭이 잡은 손목을 보며 대꾸했다.

"왜?"

그러곤 목소리를 바꿨다.

"뭐?"

"아까 그거 주세요. 그리고……. 더 주시면 안 돼요?"

준섭은 그 말을 하며 기운이 다 빠져나가는 듯 고개를 떨궜다. 더 달라고 해야지 주시면 안 돼요가 뭐야 멍청한 새끼야. 세게 말하지 못한 것이, 그냥 길에 드러누워 버리지 못한 게 화가 났다. 남자는 준섭을 위아래로 훑었다.

"괜히 나중에 입원했네 하지 말고 병원에 가자니까."

준섭은 배달이 취소된 것은 자기가 채워 넣어야 한다고 했다. 병원에 갈 시간이 없다고. 남자는 지갑에서 오만 원을 꺼내 건네며 병원에 가자는 좀 전과는 달리 딱 잘라 말했다.

"너 보험도 안 들었냐?"

남자는 준섭의 손을 털어내며 재수가 없다는 듯 길에 침을 뱉었다. 준섭은 오만 원을 주머니에 넣었다. 남자의 차가 출발했다. 준섭은 이제야 항의하듯 명함을 차 꽁무니를 향해 던졌다. 명함은 준섭의 발아래로 떨어졌다. 핸드폰이 울렸다. 준섭은 사장에게 사고가 있었다고 말했다. 사장은 다른 배달한테 오더 넣었으니 오늘은 그냥 들어가라고 했다. 그러면서 명함을 꼭 받으라고 했다. 준섭은 발아래 떨어진 명함을 줍고 주문을 취소한 집에 전화를 걸었다.

"다시 가져다 드리면 안 될까요?"

주문한 사람은 너나 먹으라고 소리쳤다. 준섭은 오토바이에 올랐다. 준섭은 천천히 달렸다. 오만 원이라도 받았으니 됐다 싶었다. 오토바이는 골목으로 들어가 쉴 곳을 찾고 있었다. 오토바이는 점점 속도를 줄이고 화양공원 앞에서 멈추었다. 공원 안에서 누군가 밤의 발자국을 따라가듯 뛰어다니고 있었다. 나무를 타고 떨어져 내리는가 하면 벽을 두 발로 치고 날아올랐다. 무예를 하듯 심호흡을 하는가 하면 온몸의 에너지를 한곳에 모으듯 껑충 뛰어오르기도 했다. 나무 사다리로 가뿐히 뛰어올라 구름

위를 걷듯 네발로 춤을 추다 미끄럼틀의 지붕 위로 쏜살같이 기어올라 땅으로 사뿐 뛰어내렸다. 달빛을 잡으며 노는 춤 같았다. 파쿠르라고 하던가. 준섭은 오토바이를 세우고 그것의 움직임을 눈으로 좇고 있었다. 놀이터 가장자리에서 무슨 소리가 들렸다. 낑낑거리는 동물의 울음소리였다. 낮은 관목 사이에 무언가 누워 있었다. 준섭은 관목을 제쳤다.

검은 개다. 좀 전에 보았던 개가 돌처럼 누워 있었다. 개가 누운 자리의 마른 가지가 덜덜 떨리고 있었다. 준섭은 배달통에 던져 넣은 닭다리를 뜯어 손바닥에 올렸다. 개는 절뚝거리며 걸어나와 준섭의 손바닥까지 핥았다. 바닥에 쓸려 부어오르던 손바닥이 얼얼했다. 준섭은 닭가슴살을 뜯어 내밀었다. 이번에도 개는 준섭의 손가락 끝까지 핥았다. 준섭은 남은 살을 자기 입으로도 가져갔다. 개가 한 입, 준섭이 한 입, 닭가슴살은 금방 사라졌다. 개는 낑낑대며 몸을 일으켰다. 절뚝거리는 다리 사이로 꼬리가 살랑거리며 좌우로 움직였다.

"너는 나를 닭 냄새로 보겠구나."

개는 냄새로 본다는 과학 선생님의 이야기가 떠올랐다. 개는 계속 낑낑댔다.

"너는 뭐가 그렇게 바빴니?"

준섭은 개를 들어 올려 달빛에 비췄다. 개의 다리와 배에는 핏자국이 엉겨 붙어 있었다. 준섭은 무릎 위에 개를 올렸다. 검은 개가 낑낑거리며 벌렁 드러누웠다. 개의 배 위로 달빛이 떨어졌다. 준섭은 개의 배를 쓸었다. 부어오르던 손바닥에 피가 돌았다. 달의 파편이 개의 몸에 박혀 있는 것처럼 배를 쓸어낼수록 준섭의 손이 더 따뜻해졌다. 달빛을 만지는 것 같아. 개는 좀 전에 준섭이 그랬듯 조는 듯 눈을 감았다. 파쿠르를 하던 남자가 동작을 멈추고 그들을 쳐다보았다. 달빛이 그물망을 던진 것처럼 그들을 감싸 안고 있었다.

계단과 노래

아파트 계단이 몇 갠 줄 아니? 20년쯤 전 언젠가 엄마가 물었다. 가끔 엘리베이터를 기다리다 내려오지 않으면 10층까지 걸어 올라갔기 때문에 알고 있었다. 반층이 여섯 개였으니까 15층 아파트면 백팔십 개. 엄마는 아니라고 했다. 엄마가 일하는 아파트도 15층이었는데 반층이 여덟 개라고 했다. 그러면서 우리가 사는 임대 아파트가 더 낫다고 했다. 좋은 아파트는 힘줄 닦기 힘들게 계단도 촘촘 놓는다고. 쓰레기를 버리는 기둥이 있던 복도식 임대 아파트와 두 집씩 마주보는 새로 지은 아파트는 같은 15층이어도 계단 수가 달랐다. 여섯 개와 여덟 개는 그곳에 사는 사람들의 월급처럼 점점 차이가 벌어져 백팔십 개와 이백사십 개가 되는 거니까.

엄마는 계단이 백팔십 개인 아파트에서 나와 이백사십 개의 계단을 닦았다. 엄마 표현을 그대로 옮기면 계단 걸레질은 젊은 년이 하고 계단에 있는 힘줄은 늙은 년 시킨다는 거였다. 계단 끝에 미끄러지지 말라고 스테인리스로 박아놓은 걸 엄마는 '힘줄'이라고 불렀다. 힘줄을 닦는 날에는 말 그대로 손목이 나갔다. 베이킹소다를 뿌려 광이 나게 닦아야 청소반장이 잔소리를 안 한다는 거였다. 어린애들이 계단에서 미끄러지거나 하면 어김없이 입주자들이 청소 상태를 문제 삼는다고도 했다. 이백사십 개의 힘줄은 매년 재계약을 하며 나이 때문에 잘릴까 봐 손목 아대를 감추고 버티던 힘줄이 맞는 것 같다.

엄마가 제일 잘 부르는 노래는 "해당화 피고 지는…… 열아홉 살 섬 색시가…… 구름도 쫓겨 가는" 하는 이미자의 〈섬마을 선생님〉이었다. 힘줄을 닦을 때면 노래가 나온다고 했다. 노래라도 불러야 일이 끝난다고. 열아홉 살 섬 색시가, 할 때는 가라앉기도 하고 화를 내는 것 같기도 하지만 대체로 구슬픈 높낮이의 음색이었는데 그건 내가 따라 할 수 없는 그냥 엄마의 노래였다. 요즘엔 세라믹 패드나 논슬립 패드로 바뀌었지만 오래된 건물을 드나들 때 힘줄이 보이면 나는 그게 악보로 보인다. 닦을수록 노래가 나오는 악보.

요 며칠 생각해 본다. 엄마는 이백사십 개의 오선 가닥을 닦으며 여덟 개, 여덟 개로 내려가는 지하의 그 계단은 안 닦았겠지. 아무도 신경 쓰지 않는 열여섯 개의 계단 아래에서 스티로폼을 깔고 집에서 싸온 도시락을 나눠 먹던 모습을 그때 내가 봐

버렸는데, 그건 무너지듯 슬펐다. 도망치고 싶어서 자꾸 슬퍼지기만 했는데, 그건 내가 닦아주고 왔어야 하는 거 아니었을까.

이번 작품집에 실린 18편의 소설은 어쩌면 그때 외면했던 내 후회일지도 모른다. 무너지는 슬픔 앞에서 바람만 불어도 쓰러질 것 같은 고립된 사람들, 그들과 내가 어떻게든 연결되어 있음을 이제야 알아버린 뒤늦은 편지일지도 모른다. 소설이 되었나. 그걸 모르겠어서 계속 썼다. 쓰다 보니 이런 작품집이 되었다고 말하는 편이 나을 것 같다. 나는 아직 내 소설의 독자들이 누구인지 모른다. 누구인지 모르는 그들에게 이 소설이 닿을 수 있으면 좋겠다. 잔잔한 호수에 나뭇잎 하나만 떨어져도 동그랗게 파문이 일지 않던가. 내 소설이 일상을 살다가도 문득 멈춰 서는 그 자리에 있다면 좋겠다. 당신과 내가 아주 잠깐이어도 같은 순간 그 동그라미를 바라볼 수 있다면, 그때 휘파람 같은 노래가 나온다면, 그러면 좋겠다.

내 생의 두 여인, 삶의 굽이굽이에서 돌아온다는 말을 지키신 엄마와 〈눈사람의 약속〉을 그려준 사랑하는 딸 지원에게, 매달 한 편의 소설을 쓸 수 있도록 격려해준 월간 『작은책』 식구들에게, 소설 속에서 "따뜻함의 기원"을 찾아주신 김명인 선생님과 소설집을 내주신 이민호 시인에게, 늘 어깨를 쳐주는 홍명진 소설가에게 감사의 마음을 전한다.

2019년 11월 동대문구답십리도서관에서

하명희

| 추천글 |

눈사람은 내가 짜준 목도리를 하고 이런 대화를 나누고 있었다.

벚꽃 보러 갈까?
살아 있을 수 있으면.
약속하면 살아 있을게.

짧은 삽화지만 소설 한 편의 무게를 능히 감당한다. 세상에서 가장 짧은 소설로 알려진 헤밍웨이의 "For sale : baby shoes, never worn"(팝니다 : 아기 신발, 한번도 신은 적 없습니다)보다 한 수 위다.

하명희의 소설들은 따뜻하다. 그의 소설들을 읽고 나면 어느새 가슴이 따뜻하게 덥혀지는 느낌을 받게 된다. 하지만 그 따뜻함은 그 안에 어떠한 긴장도 고민도 없이, 그저 세상을 좋게만 바라보려는, 사실상의 방관에 다름없는 온정주의적 따뜻함과는 거리가 멀다. 그의 따뜻함에는 확실한 방향성이 있다. 그의 따뜻함은 이 세상의 뒤틀림과 그릇됨에 의해 상처받은 존재들을 향해서만 열려 있다. 그것은 따뜻함이되 '당파적 따뜻함'이다. 장편 『나무에게서 온 편지』(2014)와 소설집 『불편한 온도』(2018)의 세계는 신자유주의적 야만이 지배하는 우리 시대의 근원적 적대성과 악마성이 만들어낸, 패배와 좌절, 추방과 유랑, 상처와 죽음으로 가득한 매우 끔찍한 지옥도의 세계이다. 그럼에도 하명희가 들려주는 이야기들은 마치 우는 아이를 안아주는 엄마처럼 그 모든 고통의 주체들을 품어 안는다. 그리고 그 이야기들을 듣는 이들도 덩달아 그렇게 그 품에 안겨 있다 보면 어느새 알 수 없는 힘이, 희망이, 고요히 스미는 것을 느끼게 된다.

그 도저한 따뜻함은 어디서 오는가? 여기 실린 18편의 이야기들은 대부분 매우 짧은 이른바 장편(掌篇)들인데 하명희의 그 따뜻함이 어디서 비롯되는지를 짐작하게 해준다는 점에서 짧지만 매우 특별하고 소중한, 하명희 소설의 밑그림들이라 할 수 있다. 이웃의 소녀와 고양이, 불량소년들, 룸펜 프롤레타리아 청년들, 시장의 생선장수, 농촌 노인, 글 못 쓰는 작가들, 반지하방 이웃, 시설 수용 청소년들, 노숙자들 등, 이 짧은 이야기들 속에는 작가가 자기의 일상세계 속에서 오가다 만나고 헤어지는 온갖 사람들이 다 들어 있다. 그들의 이야기는 한 편의 소설로 엮일 수조차 없이 하찮고 미미한 것들이다. 하지만 그 하찮고 미미한 것들을 바라보는 작가의 시선은 결코 하찮고 미미하지 않다.

하명희는 이 모든 하찮고 미미한, 그래서 겨우 존재하는 사람들에 대해서도 깊고 따뜻한 시선을 던지고, 그들의 삶이 왜 그렇게 되었는지에 대해 섬세한 질문을 멈추지 않는다. 그리고 그 시선과 질문을 따라가다 보면, 우리는 마치 감염된 듯 그들과 우리가 보이지 않는 질긴 인연으로 연루되어 있으며 우리 하나하나가 그들의 '하찮음'에 책임을 져야 한다는 연대감을 느끼지 않을 수 없게 된다. 이게 바로 하명희 소설의 따뜻함의 기원이다.

그리고 세월호 이야기 「배가 들어오는 날」, 여순사건 이야기 「그 밤, 잠의 꽃밭에서」, 가난한 이웃과의 공명을 다룬 「청자의 노래」, 참척의 슬픔을 극복하는 가족 이야기 「종달리」, 악연의 가족사에 대한 성찰 「보리차를 끓이며」 등, 이 짧은 이야기들과 함께 묶여 넘어가기엔 아까운 주옥 같은 단편들은 하명희 문학 세계의 또 다른 폭과 깊이를 보여주는 명편들이라는 것도 언급하지 않고 넘어가서는 안 될 것 같다.

– 김명인(문학평론가, 인하대 교수)

| 수록 작품 발표 지면 |

나머지 _『작은책』 2016, 11월호

나는 지금, 여기에 있습니다 _『작은책』 2016, 12월호

손을 흔들다 _『무민은 채식주의자』 (걷는사람, 2018) 수록

겨울 강 _『보보담』 2019, 가을호

삼월의 눈 _『작은책』 2017, 4월호

배가 들어오는 날 _『작은책』 2017, 5월호

보리차를 끓이며 _『문학무크 소설』 2018, 하반기

도마 _『작은책』 2017, 6월호

우체국 가는 길 _『작은책』 2017, 7월호

목요일의 참새 _『작은책』 2017, 8월호

청자의 노래 _『삶이보이는창』 2018, 여름호

파란 발자국 _『작은책』 2017, 9월호

평 _ 『작은책』 2017, 11월호

십일월의 연극 _ 『작은책』 2017, 12월호

종달리 _ 『푸른글터』 2018, 하반기

시멘트 소녀 _ 『작은책』 2017, 3월호

그 밤, 잠의 꽃밭에서 _ 『동안』 2018, 하반기

달빛을 만진 날 _ 웹진 『문화 다』 2019, 3월호

고요는 어디 있나요

1판 1쇄 펴낸날 2019년 12월 20일

지은이 하명희

펴낸이 이민호
펴낸곳 북치는소년
출판등록 제2017-23호
주소 10442 경기도 고양시 일산동구 일산로 142, 427호(백석동, 유니테크빌벤처타운)
전화 02-6264-9669 **팩스** 0504-342-8061
전자우편 book-so@naver.com

ISBN 979-11-965212-6-4 03810

* 이 책의 저작권은 북치는소년에 있습니다. 저작권법에 따라 한국에서 보호를 받는 저작물이므로 무단전재 및 복제를 금합니다.

* 이 도서는 한국출판문화진흥원의 '2019년 출판콘텐츠 창작 지원 사업'의 일환으로 국민체육진흥기금을 지원받아 제작되었습니다.